세상의
모든
K

세상의
모든
K

표명희 소설집

강

차 례

잠재적
이웃

'호수 앞 나무 데크에 있는 벤치요.'

안나는 약속 장소에 앉아 그를 기다리는 중이었다. 삼십 분 전 맺어진 관계였다. 자리비움 중인 식덕. 닉네임이 길고 어려웠다. '식덕'이란 말이 처음에는 먹방 관련 은어인가 싶었는데 검색해보니 식물 덕후의 줄임말이었다. '식' 다음에 오는 '덕'이 된소리라 어감이 그야말로 떡보 뉘앙스였다. 식집사, 란 말이 차라리 나아 보였다. 아니면 플랜트 가드너, 란 영어식 표현도 있지 않나. 안나는 떡집에 진열된 여러 종류의 떡을 맛보듯 단어를 하나하나 읊조리며 어감을 저울질해보았다. 식덕, 식집사, 플랜트 가드너…… 어감도 이미지도 영어가 나아 보였다. 식덕과 식집사도 순수 우리말은 아니라는 생각이 들자 더더욱 '플랜트 가드너'로 기울었다. 벌써 직업병인가, 하는 생각에 실소가 났다. 새로운 단어가 나오면 이제 입말로 어감까지 가늠해보는 게 버릇처럼 되었다. 퇴사하고 새 일에 접어든 지 삼 개월, 회사로 치면 아직 수습사원이나 다름없는 처지였다.

약속시간에서 십 분이 지났지만 잠재적 이웃은 나타나지 않았다. 안나는 휴대폰 액정을 들여다보며 당근 로고를 클릭했다.

"저…… 몬스터?"

문자를 보내려는 순간 낯선 목소리가 제동을 걸었다. 젊은 주부일 거라는 추측은 빗나갔다. 문제의 이웃은 빨간 캡 모자를 쓴 사내아이였다. 모자챙을 45도 각도로 삐딱하게 돌려 쓴, 중2쯤으로 보이는 아이는 등에 검은 백팩을 멘 채였다. 학원 가는 길에 엄마 심부름을 떠맡은 듯한 모양새였다. 한 손에 든 검은 비닐봉지 사이로 초록의 몬스테라 이파리가 비죽 얼굴을 내밀고 있었다. 빨간 모자는 그걸 벤치에 내려놓더니 봉지 속에서 화분을 꺼냈다. 작고 하얀 플라스틱 화분에 담긴 몬스테라였다.

"오는 길에 식구가 하나 늘었어요. 몬스터답게."

화분 한쪽에 삐죽 올라온 연둣빛 작은 줄기를 가리키며 빨간 모자가 말했다. 미리 본 사진과 달리 몬스테라 줄기는 모두 넷이었다. 생물인 만큼 새 주인을 기다리는 사이 줄기 하나가 더 올라온 모양이었다.

"덤으로 하나 더 얻는 기분이네. 근데, 물은 며칠 만에 한 번씩 줘야 하지?"

안나가 가장 중요하게 여기는 질문이었다.

"이렇게 만져봐서 물기가 묻어나지 않을 때요."

빨간 모자는 집게손가락으로 화분 위쪽 흙을 헤집어 보였다.

"마지막으로 물을 준 게 언젠데?"

"오늘 흠뻑 주었으니, 일주일 뒤에 한번 확인해보세요."

그 말을 안나는 일주일 주기로 물을 주라는 의미로 받아들였다. 오늘이 월요일이니 월요일마다 주면 될 것 같았다. 몬스테라 몬데이. 일단 그렇게 입력해놓았다.

"다른 주의사항은? 이건 처음 키워보는 거라서."

안나는 몬스테라에만 문외한인 것처럼 말했지만 실은 한 번도 식물을 제대로 키워본 적 없는 초보였다. 정확하게 말하자면 이양받은 화분 열두 개를 고사시킨 전력은 있었다.

"직사광선과 과습만 피하면 돼요. 몬스터 중에서도 얘는 왕초보도 키울 수 있는 품종이거든요. 지금은 잎이 하트 모양이지만 나중에 많이 자라면 이파리에 구멍이 생길 수도 있어요.

이파리가 손가락처럼 갈라지기도 하고요. 점점 몬스터로 변해가는 걸 지켜보는 것도 스릴 만점이에요."

장난스럽게 들리긴 해도 설명하는 품새로 미루어 이 빨간 모자가 단순한 심부름꾼 같지는 않았다.

"학생이 직접 키운 거야?"

안나의 물음에 녀석은 고개를 크게 끄덕이고는 한마디 덧붙였다.

"근데, 전…… 학생은 아니에요."

그 말이 안나에겐 학생이라고 무시하지 말란 얘기 같기도, 어엿한 프로임을 강조하려는 말 같기도 했다. 짐작이 빗나가 아쉬웠지만 안나는 더 따져 묻지는 않았다. 사실 그럴 이유도 없었다.

"카카오페이, 아님 당근페이?"

휴대폰을 터치하며 안나가 물었다.

"은행계좌로 보내주세요. 농협이고요……"

그렇게 말하고 빨간 모자는 계좌번호를 천천히 불러주었다.

"진정원?"

안나가 예금주 확인차 묻자 빨간 모자는 자기 이름이 맞다며 아까처럼 고개를 깊이 끄덕였다. 안나는 차분한 이름의 예금주에게 몬스테라 값을 이체했다. 오천 원. 화분 값도 안 되는 돈이었다. 당근마켓이어서 가능한……

"키우다 궁금한 일 생기면 언제든 연락 주세요. AS도 해드
리니."

그 말을 끝으로 빨간 모자는 한쪽에 세워둔 킥보드에 올라
모자챙을 뒤로 휙 돌려 쓰고는 왔던 길을 향해 달려갔다. 멀
어지는 빨간 모자와 함께 잠재적 이웃에 대한 안나의 기대도
스러져갔다. 비슷한 또래의 여자라면 작은 화분을 인연으로
이웃으로 지낼 생각이 있었던 것이다. 이사 오고 아직 이곳에
아는 사람이 하나도 없었다. 이런 조용하고 단조로운 삶을 일
찍부터 꿈꾸긴 했지만 석 달째 대화 상대 하나 없이 지내다
보니 이웃의 존재가 절실했다. 얼마 전 오픈한 생맥주 체인점
'역전 할머니'의 생맥주 한잔 유혹이 결정적이었다. '혼술'도
떠올려보았지만 항아리 생활권인 만큼 동네 술집이 편하지
않을 것 같았다.

빨간 모자가 사라지고 난 뒤에도 안나는 한동안 몬스테라
와 함께 벤치에 앉아 있었다. 스치는 바람에 간간이 물비린내
가 났다. 물은 호수라기엔 작고 연못이라기엔 제법 컸다. 원
래 저수지였대요. 이곳 주민 이력으로는 선배 격인 빨간 모자
가 알려준 사실이었다. 황토색 감도는 초록 물빛이 그 사실을
증명하고 있었다. 물가에 제방처럼 단단하게 쌓아 둘러진 조
경석과 물 위에 떠 있는 수련, 주변에 조성된 화단의 화초들
이 잘 가꿔져 있었다. 대단지 아파트를 조성하면서 저수지 조

경에 신경을 많이 쓴 것 같았다. 안나는 연못도 저수지도 아닌, 호수로 부르기로 했다. 문자 메시지를 확인해보니, 저수지라고 알려준 빨간 모자도 분명히 '호수 앞'이라고 써놓았다. 화분도 사진 밑에는 몬스터 아닌 '몬스테라'로 제대로 표기돼 있었다.

호수 주위는 목책이 둘러 있고 목책을 따라 바닥에 야자매트가 깔린 산책로가 나 있었다. 어떤 구역은 야자매트 대신 나무 데크로 되어 있어 비 오는 날 호숫가를 산책해도 흙이 묻어날 염려는 없었다. 더욱이 호수는 세련된 디자인의 신축 도서관 건물 바로 앞에 자리하고 있어 그 건축물과 함께 이 미니 신도시의 랜드마크로 손색이 없어 보였다.

소울이 안 느껴지는데요. 이사 후 유일한 방문객이었던 직장 후배가 아파트 주변을 둘러보고 던진 소감 한마디였다. 서울 입성 후 주거지가 사대문 안을 벗어나본 적이 없다는 후배는 북촌 마을에 살고 있었다. 후배의 눈에는 이 미니 신도시가 논밭과 야산을 뭉개고 올라선 거대한 콘크리트 축적물로 보일 터였다. 신축 아파트와 단지 주변에 조성된 기반 시설, 그러니까 정원 조경부터 커뮤니티 시설과 인근 공원과 도로, 스포츠센터와 도서관까지 모든 게 '미니 신도시' 이름에 어울릴 정도로 초현대식이었다. 옛 흔적이라고는 주변에 가끔씩 보이는 비탈진 밭, 또는 비닐하우스나 주변의 컨테이너 정도였다.

한숲시티. '숲'과 '시티'라는 상반된 단어의 조합으로 이루어진 단지 명칭이 시골 마을에 뜬금없이 솟은 이 거대한 콘크리트 구조물의 출현 이유를 잘 담고 있었다. 대거 미분양으로 한동안 '한숨시티'로 불리기도 했다는 이 아파트 단지는 자연 속에서 시티 라이프를 누리려는 서민들의 로망과 건설사의 셈법이 잘 맞아떨어진 결과였다. 철도역이 있는 도심까지 자동차로 삼십 분 거리인 '교통의 오지'이긴 해도 안나에겐 그미저 이곳 생활의 혜택으로 보였다. 십 년 회사 생활에 마침표를 찍고 프리랜서 생활로 들어서면서 선택한 주거지였다.

"아무리 출퇴근 없는 프리랜서라 해도, 거기서 어떻게 살려고?"

주말이면 서울의 핫 플레이스만 찾아다니는 팀장의 우려였다.

"다이소와 쿠팡만 있으면 돼죠."

신입이 팀장의 말을 기우로 돌렸다. 정작 문제는 '인적 네트워크의 부재'라며 신입답지 않은 현실적 이유도 덧붙였다.

집을 구하러 이곳을 찾았을 때 안나는 사거리 상가 일층에 대형 다이소 매장이 있는 걸 보았다. 거기다 아파트 마당에는 택배 차가 번갈아가며 정차 중이었고 인근에는 거대한 쿠팡 물류센터가 산 밑에 떡하니 자리 잡고 있었다. 신입의 말대로 생활상 불편은 없었다. '인적 네트워크'까지는 아니어도 커피나 맥주 한잔할 동네 친구는 필요해 보였지만…… 어쩌면 직장 동료들은 안나가 택한 새 일에 대한 우려를 이사한 곳의 입지로 에둘러 말한 것인지도 몰랐다.

일과 관련해 그나마 약간의 위안이 담긴 언급은 이 분야에 일찍 뛰어들어 이미 전문 번역가로 자리 잡은 선배가 유일했다.

"보험업이 얼마나 거대한 산업인 줄 아니? 그건 사람들의 불안을 먹고 사는 업종이라 AI시대에도 절대 사라지지 않아. 리스크를 걱정하는 사람들이 보험회사를 먹여 살리고 그들한테서 번 돈으로 보험사는 리스크를 감수하려는 패기 있는 회사에 투자하지. 그러니 누가 호구인지는 불 보듯 뻔하잖아."

선배의 말은 일 자체에 대한 긍정도 부정도 아닌 말이긴 했지만 분명한 건 어떤 선택도 리스크가 따른다는 것, 그 리스크를 떠안는 것이 적어도 용기 있는 선택이라는 격려의 말로 들렸다.

푸드덕, 소리에 놀라 고개를 드니 물고기가 수면 위로 튀어오르는 소리였다. 자생 아닌 방생으로 보이는 잉어류의 큰 물고기들이 호수에 제법 많이 살고 있었다. 수면 위로 솟구쳤다 다시 물속으로 곤두박질치면서 흩뿌린 물방울이 햇빛에 보석처럼 반짝였다. 그제야 안나는 몬스테라 화분을 안고 벤치에서 일어났다.

흑고무나무

　몬스테라 화분의 효과는 오히려 반대로 나타났다. 거실의 휑한 느낌을 없애려 그것을 창가 한쪽에 놓았더니 건너편이 허전해 보였다. 굳이 화분을 놓는다면 좀 더 큰 것, 아니면 좌우 균형이 맞도록 반대편에도 하나 더 있어야 한다는 걸 일깨웠다. 이사 오기 전 빈 화분을 다 처분한 게 안나는 후회스러웠다. 이전 집의 세입자가 이사 가면서 물려준 화분들이었다. 그마저 없으면 좁고 낡은 빌라가 초라해 보일 것 같아 화분 주인이 의향을 물어왔을 때 안나는 기꺼이 맡아 키우겠다고 했다. 식물이야 물만 제때 주면 잘 자랄 거라고 생각했다. 넘겨받은 화분들은 반년을 넘기면서 하나 둘 말라가더니 전세 계약 만료 직전에는 고무나무 하나만 남기고 열두 개의 화분이 빈 화분으로 남았다. 새집으로 그것들을 가져오고 싶지 않아 ‘당근’에 일괄 나눔으로 올려놓았더니 지원자가 단번에 줄을 섰다. 당근 앱을 이용해본 건 그때가 처음이었다. 이사로 처분할 물건을 고민했더니 친구가 해결책으로 알려준 것이다.

이사한 곳은 전형적인 베드타운이었다. 서울 중심지로 연결되는 광역버스 노선을 갖춘 대단지 아파트에는 유치원과 초·중·고등학교가 다 갖춰져 있어 유동인구가 거의 없는 항아리 생활권이었다. 당근마켓 역할이 클 수밖에 없었다. 다이소와 쿠팡, 당근마켓만 있으면 돼. 누가 안나의 새 주거지에 대해 우려하면 이제 그런 대답이 나올 것 같았다.

이사 후 안나의 일상은 입버릇처럼 자주 떠올리던 '심플 라이프'였다. 번역이 일과의 대부분이었고 하루 한두 통의 전화가 대화의 전부였다. 생활이 단조롭다고 여유로운 것도 아니었다. 새로 시작한 일이 만만치 않아서다. 하루치 번역을 끝내는 데 직장인 평균 근무시간은 턱없이 부족했다. 모르는 단어 찾느라 목표량의 절반도 못 채우는 날이 많았다. 사무실에서 간간이 했던 자투리 문서 번역과는 비교가 되지 않는 일이었다. 퇴근이 없다는 것, 그리고 정해진 날짜에 월급이 나오지 않는다는 것도 회사 생활과는 달랐다. 일반 회사 수습기간이 삼 개월이라면 번역 일은 그 열 배는 되어야 초보 신세를 면할 것 같았다.

잠만 자던 집이 24시간 머무는 곳으로 변하니 실내 분위기도 신경이 쓰였다. 일하다 지루해질 때마다 안나는 당근마켓 들여다보는 일이 습관처럼 되었다. 무료나눔 혹은 인기품목은 이미 '예약중'이거나 '거래완료'였다. 스크롤바를 내리던 안나의 눈에 언뜻 흑고무나무가 잡혔다. 이전 집에서 기르다 실패한 화분 중 유일하게 고무나무만 살아남았던 기억이 났다. 흔하디흔한 게 고무나무지만 이 흑고무나무는 여느 것과 달랐다. 검은 이파리의 중후함도 멋지지만 솜씨 있는 주인 손을 거친 듯 수형이 잘 잡혀 있었다. 하얀 도자기 화분에다 키도 제법 높아서 거실 한쪽 코너에 놓으면 분위기가 확 살아날 것 같았다. 가격까지 감동적이었다. 오천 원.

놓칠세라 안나는 바로 문자를 넣었다. 화분 주인은 아무 때나 와도 된다며 앱에 올린 것 외에 다른 화분도 많으니 직접 와서 보고 마음에 드는 게 있으면 맘껏 골라 가도 된다고 했다. 이사로 빨리 처분하려는 사람 같았다. 당근에 올라온 화분 대부분은 이사 아니면 다른 물건을 들여놓기 위한 자리비움 용이었다.

그 집 실내는 가정집이 아니라 화원 같았다. 대형 평수답게 널찍한 베란다도 있었는데 베란다는 물론 거실까지 크고 작은 화분과 분재로 그득했다. 마음에 드는 거 다 좀 골라 가세요. 주인 여자는 당부하듯 말했다. 안나가 찜한 대형 흑고무나무 화분과 분재만 빼고 나머지는 다 무료라고 했다. 여자는 남편 취미가 화초 가꾸기였는데 아이들 아토피가 심해져 결혼 십 년 만에 남편이 취미를 낚시로 바꿨다고 말했다. 남편은 낚시터에 있는지 집에는 아이들과 안주인만 있었다.

어린 사내아이가 둘인 집의 거실과 베란다를 화분이 다 차
지하고 있는 것만으로도 그간의 사정이 훤히 보였다. 흑고무
나무가 목적이었던 안나도 주인 여자가 이것저것 권하는 바
람에 다른 화분을 세 개나 더 갖는 행운을 누렸다. 안나 뒤에
나타난 다른 지원자도 맘껏 고르라는 안주인 권유에 반색하
며 화분을 열 개나 골랐다. 화분이 빠져나가는 걸 지켜보는
그 집 식구들 표정이 그렇게 밝을 수 없었다. 화분을 얻어 오
는 사람이 자선을 베푸는 기분이었다.

의외의 소득에도 그 집을 나서는 안나의 마음은 허전했다.
자신 또래로 보이는 서글서글한 인상의 그 집 안주인은 어린
두 아들을 돌보느라 친구나 이웃과 어울릴 여유 같은 건 없어
보였다. 이번에도 수확은 화분이 전부였다.

세 개의 화분이 담긴 카트를 끌며 안나는 건너편 단지로 연
결되는 구름다리로 올라섰다. 이곳에 올라서면 산의 능선과
아파트 단지도 한눈에 들어왔다. 멀리 에워싸고 있는 겹겹의
산들을 보고 있으면 이전 세계와의 결별이 실감났다. 맨 처음
저 산 너머에서 이곳을 찾아오던 때의 기억도 생생했다. 멀리
서 이 아파트 단지를 바라보았을 때는 지금과는 완전히 달랐
다. 겹겹의 초록 세계 한가운데 우뚝 솟은 이 거대한 콘크리
트 더미는 영화 「킹콩」의 한 장면을 떠올렸다. 뉴욕 빌딩 숲
위로 우뚝 솟은 킹콩처럼 난폭해 보였던 것이다. 하지만 이

곳에 실제로 깃들어 사는 느낌은 처음 이미지와는 완전히 달랐다. 시선을 좁혀 안을 들여다볼수록 이 생활 터전은 더없이 편하고 쾌적했다. 친환경 조경에서 첨단 커뮤니티 시설까지 생활 시스템을 완벽하게 갖추고 있었다.

소울이 안 느껴지는데요. 후배의 한마디도 이곳의 첫 이미지를 떠올리면 충분히 그럴 법했다. 아직도 '소울'에 관심이 쏠려 있을 정도로 앞날이 창창한 후배였다. 그런 후배와 달리 안나는 이제 꿈을 현실화해야 할 단계였다. '꿈=현실' 그런 단순 등식을 만들어놓으니 삶도 단순 명료해졌다. 새로운 일에 최적화된 환경 만들기가 이곳을 택하게 된 결정적 이유였다. 고정 수입이 사라지는 만큼 자리를 잡기까지는 씀씀이부터 줄여야 했다. 번역가. 오래 꿈꾸어온 일이 사라질 직업 목록에 단골로 오르는 일인 만큼 새 일은 사실 모험을 동반한 일이었다. 전공을 정할 때부터 염두에 둔 꿈이었지만 세상이 너무도 빠르게 변한 것이다. 그럼에도 저작권 중개회사 십 년 근무는 미뤄둔 꿈을 계속 일깨워주었다. AI시대와 함께 사라질 직업의 하나이긴 했지만, 그렇다고 단번에 사라질 일도 아니었다. 통역보다는 번역이 그나마 나은 데다 문학이 다른 분야보다 대체 확률이 낮다는 점이 위안이라면 위안이었다. 무엇보다 그건 안나 자신의 이름이 책의 원작자와 나란히 놓이는 일 아닌가. 번역서를 접할 때마다 작가와 번역가가 동등한

위치에 서 있는 것처럼 여겨졌다.

퇴사 결심을 굳히게 한 번역 계약 두 건은 시작 단계인 만큼 조건이 좋지는 않았다. 많이 나갈 책도 아닌 데다 인세 계약이었다. 책이 초판에 머문다면 계약금으로 받은 이백만 원이 번역료의 전부가 될 수도 있었다. 사실 그럴 가능성이 높았다. 어렵게 등단한 작가들도 몇몇 인기 작가 외에는 생계를 걱정해야 하는 현실이니 애송이 번역가는 더 말할 것도 없었다. 경력 쌓기인 만큼 자신의 이름으로 책이 출간된다는 사실 자체가 중요했다. 십 년 직장 생활에 미련 없이 마침표를 찍었다는 사실만으로도 안나는 높은 산을 하나 넘은 기분이었다. 지금은 새로운 길로 접어들었다는 사실 자체에 만족하기로 했다.

파키라

특이한 모양의 파키라였다. 지금까지 안나가 봐왔던 것과는 많이 달랐다. 열대 식물이 아니라 동양화 속 파키라를 보는 느낌이라고나 할까. 굵고 실한 구근이 화분 위로 불쑥 올라와 두 다리를 포갠 채 위로 뻗어 있고 위쪽 줄기는 살짝 휘어져 전체적인 실루엣이 역동적이었다. 아래쪽의 두툼한 구근은 고

목의 밑동을 보듯 듬직하고 신비로워 보였다. 곁가지로 층층이 나 있는 초록 이파리들이 돋아난 시기에 따라 채도와 명도를 달리하며 초록 계열의 톤이 다채롭게 펼쳐졌다. 돌출된 구근과 줄기의 꼬임, 초록 이파리와 하얀 도자기 화분이 환상적으로 어우러졌다. 가격도 더없이 착했다. 만 원. 화원에서 이런 수려한 모양의 파키라를 사려면 열 배는 줘야 할 것 같았다. 기회를 놓칠세라 안나는 바로 구매 의사를 밝혔다.

'6단지 3동 앞으로 오세요.'

상대의 답신에 따라 안나는 바로 집을 나섰다. 회사원이라면 이 시간에 이런 즉흥적인 일은 상상도 못할 터였다. 시공간에 구애받지 않는 프리랜서의 매력을 실감하며 안나는 아파트 정원을 지나 단지와 단지를 연결하는 다리를 통해 6단지로 넘어갔다. 3동 건물 현관 앞에 파키라 화분이 놓여 있는 게 보였다. 화분 옆에 서 있는 사람은 의외로 백발의 노인이었다. 자기 또래의 여자였으면 하던 안나의 기대는 빗나갔지만 상대는 닉네임과 잘 어울렸다. 장수하늘소.

"물은 얼마 만에 주면 되나요?"

안나가 물었다.

"자주 안 줘도 되고, 이렇게 봐서 흙이 말랐다 싶을 때 주면 돼요."

장수하늘소 역시 흙을 손으로 헤집어 보이며 빨간 모자와 비슷한 대답을 했다.

"열흘이나 이주에 한 번씩 주면 되겠네요."

안나는 그의 말을 참고해 주기를 길게 잡았다. 흙이 젖었거나 말랐다는 둥의 애매한 표현보다는 일주일, 열흘 같은 정확한 수치를 그녀는 신뢰하는 쪽이었다.

"흙을 잘 살펴봐야지. 정성 들여 키우다 보면 금세 알게 돼."

장수하늘소가 심드렁하게 대꾸했다.

"사람이든 식물이든 규칙적으로 먹는 게 건강에 최고 아닌가요?"

안나의 반문에 노인은 허허 웃기만 했다. 그는 안나의 휴대용 카트에 화분을 조심스럽게 실어주었다.

이번에도 수확은 화분이 전부였지만 안나는 파키라의 수려함에 빠져 이전처럼 이웃에 대한 기대 따윈 까맣게 잊은 채였다.

안나는 파키라 화분을 꺼내면서 또 한 번 감탄했다. 노인은 무뚝뚝한 태도와 달리 아주 세심한 사람 같았다. 종이 박스 안쪽에 에어 비닐을 여러 겹 둘러 화분이 단단하게 고정되도록 해두었을 뿐 아니라 화분 흙 맨 위에는 자잘한 화산석으로 깔끔하게 장식해놓았다. 챙겨준 화분 받침대는 바퀴는 물론 밑에 물받이까지 딸린 완벽한 맞춤형이었다.

안나는 파키라 화분을 집 안에서 가장 눈에 잘 띄는 곳에 두기로 했다. 거실과 주방을 나누는 아일랜드 식탁 바로 앞이 그 자리였다. 주방의 조명등까지 비추자 화분은 미술관이나 박물관 진열장에 놓인 작품 같았다. 수형도 멋지지만 다섯 손가락 모양의 녹색 이파리들 톤이 저마다 달랐다. 새로 난 여린 잎들은 싱그러운 연초록이고, 큰 잎들은 짙은 초록이었다. 크기는 물론 명도와 채도를 달리하며 이파리들이 층층이 나 있어 그 자체로 싱그러운 초록의 향연이었다. 낱낱의 이파리에 깃든 시간의 색을 들여다보고 있으니 비로소 장수하늘소의 말이 가슴에 와닿았다. 손으로 흙을 헤집어가며 흙과 식물 상태를 살펴보고 물을 주어야 한다는…… 계량적 수치를 과학이라 생각한 무지를 깨우치고 나니 몰상식한 주인을 만나 말라갔던 이전의 화분 열두 개가 안나의 눈에 어른거렸다. 자연에 대한 기초 상식도 없으면서 남이 애써 키운 화분을 선뜻 맡겠다고 나섰던 일의 무모함까지……

몬스테라 아단소니

번역 작업은 처음 계획보다 한 달 늦게 끝났다. 육 개월 내내 휴일도 없이 일한 결과가 그 정도였다. 퇴근도 휴일도 스스로 자유롭게 정하는 게 프리랜서의 매력으로 보였지만 초보인 안나에게는 퇴근도 휴일도 없는 날들이었다. 문학 작품인 만큼 비유가 많은 문장들이라 번역 속도가 더뎠다. 이해가 잘 안 되는 문장은 번역기는 물론 챗GPT까지 써보다가 결국 전문 번역가 선배 도움을 받아야 했다. 그는 정확한 번역보다 우리말 감각을 더 중요하게 여기는 사람이었다. 번역투 문장 하나하나까지 빨간 펜으로 표시해놓는 바람에 원고가 피투성이였다. 그걸 다시 손보느라 시간이 더 걸렸다. 씨름했던 번역 원고를 육 개월 만에 넘기고 나자 기다렸다는 듯 몸살이 찾아왔다.

"편집장님께서 검토해보시더니 번역이 잘되어 일이 순조로울 것 같다고 말씀하셨어요. 진행되는 대로 다시 연락드릴게요."

원고 보내고 일주일 만에 담당자로부터 받은 전화였다. 첫 작업치고 나쁘지 않은 결과였다. 전문 번역가 선배의 검증까지 거쳤다는 말은 하지 않았다. 첫 과업을 제대로 마무리했으니 두번째 일은 조금 더 여유를 가지고 시작할 수 있을 것 같았다. 한 가지 아쉬운 건 그다음 일을 확보해놓지 못했다는 사실이었다.

"다섯 건 정도는 계약해놓고 사표를 냈어야지."

번역가 선배도 애초에 우려했던 일이다.

"저작권 중개회사 십 년 경력에다 전문 번역가 선배까지 있는데 무슨 걱정이에요."

안나는 은근슬쩍 선배에게 청탁 압력까지 넣었다. 회사 다닐 때 안나가 그 선배에게 연결해준 일도 제법 있었으니 그도 부채 의식이 없지는 않을 터였다. 무엇보다 그는 안나가 번역의 세계로 발을 들여놓을 때도 보험사를 예로 들며 꿈과 현실을 낙관도 비관도 아닌 시각으로 냉정하게 고려해볼 기회를 제공해준 이였다.

편집장 칭찬에 힘입은 덕인지 편집자 전화를 받고 난 안나는 몸살이 금세 나았다. 자리에서 일어나 베란다부터 찾았다. 그새 3단짜리 화분 진열대는 빈자리 하나 없이 다 차 있었다. 지난 반년 동안 일에 짓눌려 살면서 그나마 숨통 틔는 일이 이 식물 돌보기와 당근에 올라온 화분 구경하는 일이었다. 더러 마음에 드는 게 있으면 구하러 나서기도 했는데 그것이 안나의 유일한 외출이자 사람 만나는 일의 전부였다. 새 화분 늘리기보다 이제는 있는 것들을 잘 키우는 게 중요해 보였다. 그럼에도 여유만 생기면 안나는 습관적으로 당근을 클릭했다.

'몬스테라 아단소니.' 구멍이 숭숭 뚫린 특이한 이파리 모양의 몬스테라가 안나의 시선을 끌었다. 빨간 모자가 올려놓은 물건이었다. 안나가 구입 의사를 담은 문자를 날렸다. 어느새 그녀는 빨간 모자의 단골 고객이 돼 있었던 것이다.

당근! 경쾌한 알람과 함께 답신이 날아들었다.

'안녕하세요, 라라님.'

빨간 모자도 안나를 알아보고 반색했다. 안나의 닉네임이 라라였던 것이다.

'그럼 네시 반, 호수 앞!'

언제나처럼 만나는 장소는 같았다.

안나는 십 분 일찍 도착해 호수를 한 바퀴 돌았다. 빨간 모자는 약속 시간보다 십 분 늦게 나타나는 게 습관임을 잘 알고 있었다. 해는 서쪽으로 살짝 기울어 있었다. 길고도 끔찍했던 여름이 기세를 거두어가는 중이었다. 기상 관측 이래 연일 기록을 갈아치우며 이어지던 열대야와 폭염이 추석을 지나고도 한동안 이어지더니 폭우를 몇 차례 쏟고 나서야 살짝 누그러들었다. 그렇다고 가을로 성큼 들어선 것도 아니었다. 아침저녁으로 선선한 기운이 잠깐 느껴질 뿐 한낮에는 여전히 햇볕이 뜨거웠다. 기상학자들 사이에는 계절을 나누는 달의 구분도 이제 바꿔야 한다는 얘기가 공공연하게 나오고 있었다.

빨간 모자는 늘 그렇듯 십 분 늦게 나타났다. 등에 멘 백팩과 킥보드는 물론 모자를 45도로 삐딱하게 돌려 쓴 것까지 그 모습 그대로였다. 늦어서 죄송하다는 상투적인 인사와 함께 킥보드에서 내린 녀석은 안나에게 뭘 하고 있었느냐는 물음까지 습관적으로 했다.

“할 게 뭐가 있겠어. ‘물멍’ 때리고 있었지. 저 물은 어떻게 저런 때깔이 나올까 하고……”

안나가 상습적으로 늦는 녀석에게 퉁명스럽게 대꾸했다.

“아, 저 물빛이요? 저거, 초록 풀을 짜낸 녹즙에 황토를 일 대일 비율로 섞고 생수를 다섯 배쯤 부으면 나올 것 같은 색인데요.”

녀석 특유의 너스레 섞인 답이었다.

“학교도 안 다니면서 어떻게 화학식 같은 그런 답이 금세 나오지? 연금술사 뺨칠 수준이네.”

안나가 냉소 섞인 감탄을 쏟아냈다.

“식덕은 영양가 높은 흙 만드는 노하우도 있어야 해요. 일종의 황금 레시피…… 그리고, 학교에서 무슨, 그런 걸 가르쳐주기나 하나요. 게다가 연금술사야 황금에 눈이 먼 과학자 흉내 내는 구라쟁이 아닌가.”

의기양양해하던 빨간 모자 역시 냉소로 마무리했다. 학교 얘기만 나오면 녀석은 시니컬해졌다. 안나가 회사 생활에 대해 보이던 반응과 비슷했다.

“하긴 학교야 입시용 레시피가 최우선이겠지.”

추임새 넣듯 덧붙이고 난 안나는 빨간 모자의 새 화분으로 시선을 돌렸다. 품종은 달라도 그의 화분은 하나같이 몬스테라 종이었다.

“이 아단소니는 몬스테라 중에서도 급이 높은 품종인가 보지?”

안나가 여느 것보다 값이 두 배인 사실을 떠올리며 말했다.

“몬스터는 품종에 따라 가격이 천차만별이에요. 이 정도는 일반적인 품종이고 희귀종인 얼룩덜룩한 무늬가 들어간 건 엄청나요. 실은 그런 게 제 목표예요. 나중에는 저도 이걸로 먹고 살아야 하니까요. 이런 건 그냥 분양하는 재미로 하는 거죠.”

빨간 모자한테서 이런 현실적인 얘기가 나오면 안나는 왠지 안심이 되었다. 녀석을 대할 때 느끼는 감정은 장수하늘소와는 달랐다. 식물 수형에서부터 화분 색깔, 받침대까지 모든 걸 고려한 맞춤형 화분이 특징인 장수하늘소와 달리 빨간 모자는 식물 외에 다른 것은 전혀 신경 쓰지 않았다. 늘 똑같은 흰색 플라스틱 화분에 담긴 몬스테라를 검은 비닐봉지에 담아 왔다. 대신 그의 몬스테라는 이파리와 모양, 색상 등이 각양각색인 다른 품종이었다. 원예 사업이 장래의 꿈인 만큼 빨간 모자는 계획도 구체적이었다.

“실은, 지금 조직 배양 기술을 배우는 중이거든요.”

그러면서 그는 배양 기술에 대해 시시콜콜한 것까지 늘어놓았다. 정확히는 몰라도 안나는 연신 고개를 끄덕여가며 관심 있게 들었다. 빨간 모자는 친구나 이웃으로 지낼 상대는 아니었지만 아직은 이곳에서 안나의 유일한 말벗이었다.

"혹시 '장수하늘소'라고 알아?"

안나가 화제를 돌리며 물었다.

"만나본 적은 없어도 당근에 올린 화분이야 잘 알죠. 정말 부지런한 사람 같아요. 사진도 저는 한번 올려놓으면 그걸 계속 쓰는데 그 사람은 거의 실시간으로 올리더라고요. 화분을 보고 있으면 뭐랄까, 프로 느낌이 난달까, 가격도 엄청 착하고. 근데 왜요, 아는 사람인가요?"

"아니, 그냥, 화분을 한번 사본 적은 있어서……"

안나는 단순 구매자일 뿐이라는 투로 둘러댔다. 장수하늘소가 백발의 노인이라는 사실은 빨간 모자도 상상하지 못할 터였다. 몬스테라만 다루는 빨간 모자와 달리 노인의 화분은 종류가 다양해서 안나에겐 두 사람 다 필요했다. 빨간 모자는 한창 공부 중이라 그런지 안나가 사소한 질문이라도 하나 하면 기다렸다는 듯 기초 상식에서부터 세부 지식까지 막힘없이 줄줄 쏟아냈다. 그것도 장수하늘소와 다른 점이었다. 노인은 안나가 뭘 물으면 선문답하듯 한두 마디 덤덤하게 던질 뿐이었다. 그의 단골 멘트는 '두어 번 해보믄 알지'였다. 두 사람 모두 단순 취미 이상의, 일정한 경지에 오른 '덕후'인 건 분명했다. 빨간 모자는 프로 근성이, 장수하늘소는 장인 정신이 엿보인다고 할까. 대화 상대로는 수다스럽고 장황한 설명이 따라붙는 빨간 모자가 좋았다. 화분을 건네받으러 호수 앞에서 만나 녀석과 주고받는 말이 이곳으로 오고 안나가 대면으로 나누는 대화의 전부였다. 어떤 때는 화분이 목적인지 녀석과의 만남이 목적인지 헷갈릴 정도였다.

몬스테라 알보

원고 넘긴 지 두 달이 넘도록 출판사에서는 아무런 연락이 없었다. 진행 상황이 궁금해진 안나는 사무실로 전화를 해보았지만 전화를 받지 않았다. 이상했다. 담당자와 편집장 개인 휴대폰으로 번갈아가며 연락을 했지만 둘 다 연결이 되지 않았다. 몇 차례 시도 끝에 겨우 담당자와 통화가 되었다.

"죄송해요. 저도 사정을 말씀드리고 그만두려 했는데, 막무가내인 채권자들한테 너무 시달려서 그럴 경황이 없었어요. 대표님은 잠적하셨고 편집장님은 아예 전화를 받지 않으시고……"

회사의 부도 소식이었다. 출판 시장의 어려움이야 어제오늘의 일이 아니라는 건 안나도 잘 알고 있었지만 자신의 일이 될 거라곤 꿈에도 생각지 못했다. 통화를 끝내고 나니 맥이 풀려 일이 손에 잡히지 않았다.

"걱정 마. 번역 원고가 날아간 건 아니잖아. 저작권 없는 책이니 나중에 다른 출판사에 의뢰해봐도 되고, 방법이 있을 거야."

안나가 선배한테 하소연하자 나온 위로였다. 그러면서 선배는 유튜브 강연을 하나 링크해주었다. 'AI시대의 직업'이라는 제목의 강연이었다. 생성형 인공지능 시대와 함께 사라질 직업과 관련해 사람들의 두려움이 커지면서 이런 강연이 최근 붐이었다. AI 관련 주가는 정신없이 치솟고 있었다. 한쪽에서는 불안감 조성하고 다른 쪽에서는 그걸로 돈을 벌고…… 한동안 메타버스로 들끓다가 가라앉고 나니 이제는 온통 생성형 인공지능 얘기였다. 이 또한 광풍처럼 휘몰아치다 언제 그랬냐는 듯 사라질 게 뻔했지만 안나는 일단 클릭해보았다. 강연의 요지인즉, 어차피 미래는 예측 자체가 불가능하고 기존 직업의 절반은 사라질 게 뻔하니, 앞으로 좋은 직업 혹은 최고의 일이란, '최소한의 생계만 유지할 수 있다면 자신이 하고 싶은 일을 하는 것'이라며 나머지는 '국가에 맡기라'는 것이었다. 이미 모든 국가가 기본소득을 고민하고 있으며 그것이 현실화할 날도 멀지 않았다는 뜬구름 잡는 듯한 얘기가 점점 현실적 조언이자 위안으로 들렸다. 지난번 '보험' 이야기에 이어 이번에도 안나 자신을 위한 맞춤형 강연 같은 걸 선배가 보내준 것이다. 강연을 다 보고 나니 프로포폴 주사를 한 대 맞기라도 한 듯 안나는 나른한 안도감에 한동안 젖어 있을 수 있었다.

'잘 지내시죠. 라라님 ^^'

오랜만에 날아온 빨간 모자의 메시지였다. 당근 앱을 통한
게 아니라 일반 메시지였다. 한동안 무기력증에 빠져 있던 안
나는 당근도 화분도 잊고 지냈다. 빨간 모자의 메시지에는 첨
부 사진도 있었다. 사진 속 식물은 이파리 한쪽 귀퉁이가 희
게 바랜 듯한 얼룩이 언뜻 보면 병든 것처럼 보였다. 녀석에
따르면 '몬스테라 알보'라는 그것은 희귀종에 속하는 것으로
하얀 것은 얼룩이 아니라 일종의 돌연변이성 무늬라고 했다.

'돌연변이라 파종을 통한 번식이 불가능한데 마침내 성공
했어요!'

전기를 발견한 에디슨이라도 되듯 빨간 모자의 문자에는
홍분이 묻어났다. 녀석이 공부하고 있다는 조직 배양 기술과
관련한 성과로 보였다. 검색해 보니 몬스테라 알보는 천만 원
을 호가할 정도로 값진 희귀종이라고 나와 있었다. 빨간 모자
의 것은 아직 어린잎에 불과하긴 해도 잘 자라주면 미래 가치
가 분명 있어 보였다.

'나한테도 하나 이양해주지. 단골인데……'

안나가 단골을 무기로 농담 삼아 건넸다. 당근마켓 아닌 개
인 메시지로 보낸 걸로 미루어 판매용이 아니라는 것도 알고

있었다.

'좋아요. 세 개 성공했으니 하나는 선물해도 되거든요. 그래도 공짜로 받으면 잘 키우기 힘드니, 만 원에 팔게요. 잘 키워서 30센티미터 정도 자라면 저한테 되파세요. 열 배의 값을 쳐드릴 테니.'

빨간 모자가 의미심장한 거래를 제안해왔다.

안나는 호기심과 함께 의욕이 솟구쳤다. 자리를 떨치고 일어나 호수 앞으로 달려갔다.

"정말 만 원만 받아도 되겠어, 이런 희귀종을?"

계좌이체를 하기 전, 안나는 빨간 모자에게 재차 확인하듯 물었다.

"단골이잖아요."

녀석이 웃으며 안나의 말을 흉내 냈다.

"이왕이면 영양 흙 레시피도 좀 알려주지. 국가나 기업 간 거래에도 '기술 이전' 그런 게 있잖아."

안나가 진지하게 말했다.

"알았어요. 제가 특별히 개발한 비장의 레시피가 있거든요. 나중에 문서로 공유해드릴 테니 걱정 마세요."

녀석이 의외로 선선히 협조적으로 나왔다.

"고마워. 단골에서 VIP 고객으로 업그레이드된 기분이네."

"고객 관리 잘해야죠. 경쟁자한테 안 밀리려면."

그가 말한 경쟁자는 장수하늘소 같았다. 지난번 스쳐 가듯 했던 말을 녀석도 허투루 듣지는 않은 모양이었다.

"근데 장수하늘소 말이야, 자선 사업가도 아니고 팔수록 적자일 것 같은 그런 화분을 어떻게 계속 당근에 올릴 수 있지?"

안나가 평소 궁금해하던 일이었다. 처음에는 장수하늘소가 화원이나 농원을 하다가 접고 재고 처리를 하는 경우가 아닐까 싶었지만 그건 아니었다.

"진정한 '덕후'의 경지를 보통 사람들은 이해 못하죠……"

빨간 모자가 무심히 답했다.

"그 연세에도 덕후의 경지를 고수할 수 있다니 정말 대단해."

그러면서 안나는 장수하늘소가 여든쯤 돼 보이는 백발의 할아버지라는 사실을 빨간 모자에게 털어놓았다.

"덕질에 나이가 어딨어요. 그런 경우라면 웬만큼 짐작이 가네요."

빨간 모자는 상황을 대충 짐작한 듯 고개를 끄덕였다.

둘 다 현재 상황에서 수익과는 거리가 멀다는 건 안나도 잘 알고 있었다. 그래도 빨간 모자의 경우는 분양만 하는 일이라 딱히 손해 볼 일은 아닌 데 반해 완벽한 구성품을 갖춘 장수하늘소의 화분은 팔수록 적자일 것 같았다.

"그냥 실비 값만 받는 거겠죠. 모르긴 해도 화분은 다 재활

용일 거예요. 아파트 이곳저곳에 내놓는 빈 화분도 있고 당근에서 나눔하는 화분도 꽤 있고요. 부지런한 분이니 그런 것들 수거해 새롭게 변신시키겠죠. 환경도 지키고, 본인의 취미와 건강도 살리고…… 일석삼조 그 이상일 거예요.”

어린 녀석 답지 않게 빨간 모자는 현실을 두루두루 꿰고 있었다.

안나는 건네받은 몬스테라 알보를 조심스레 챙겨 들고 일어났다. 돌아오는 길에 안나는 자신이 하고 있는 번역 일의 채산성을 꼼꼼히 따져보았다. 성취나 자존감 같은 가치의 문제는 접어두고 시간당 페이부터 어림해보았다. 지난 육 개월간 수입의 전부였던 번역 원고 계약금을 떠올리니 하루 일당이 빨간 모자와 장수하늘소의 화분 값과 별반 다르지 않아 보였다. 새로운 일의 초기 값이 적나라하게 드러난 셈이었다. 지금은 자신의 위치가 빨간 모자에 가깝지만 언젠가는 전문 번역가 선배처럼 본 궤도에 오를 거라는 희망에 한때 유행어였던 ‘열정페이’란 단어를 위안처럼 떠올렸다. 먼 훗날에는 장수하늘소의 자리로 옮겨갈 거라는 동선이 선히 그려졌다. 더 냉정히 따져보니 향후 이삼십 년 뒤의 일치고는 장수하늘소의 경우도 나쁘지 않아 보였다. 빨간 모자의 말이 귓전에 맴돌았다. 일석삼조, 그 이상일 거예요.

안나는 책상에 다시 앉으며 몬스테라 알보를 모니터 옆에

놓았다. 한동안 자신을 지켜봐줄 새 식구를 지그시 바라보았
다. 돌연변이성 희귀종이라는 이것이 잘 자라주면 정말 열 배
의 수익을 올릴 수 있을까. 안나는 기대와 현실이 양쪽에서
팽팽하게 잡아당기고 있는 줄 위에 올라선 줄타기 광대라도
된 기분이었다. 줄 위에서 균형을 잡으려 애쓰는 초보 광대의
몸짓이 눈에 아른거렸다.

하비

난데없는 경보음에 민수는 막 베어 물려던 크루아상 샌드위치를 떨어뜨렸다. 삐리리리리리— 삐리리리리리— 화재 경보만큼이나 다급하고 위협적인 소리였다. 소리의 발원지는 창문 옆 벽에 걸린 낡은 인터폰이었다. 창쪽 커튼 옆에 방치되듯 걸린 낡은 인터폰이 작동할 거란 생각은 한 번도 하지 않았다. 구식 디자인에 색까지 바랜, 싸구려 앤티크 소품 같던 그것이 쌍쌍한 소리로 실내를 뒤흔들어놓은 것이다.

민수는 식은땀이 났다. 크루아상 가장자리로 삐져나온 토마토와 양상추 이파리가 슬쩍 자신을 엿보는 것 같아 식욕도 사라졌다. 이곳은 비행기와 열차를 번갈아 타고 국경을 세 번

넘어 당도한, 이국땅의 안전한 은신처라는 생각에도 긴장은 누그러들지 않았다. 전통 유럽식 건물이 으레 그렇듯 중정을 사이에 두고 사면으로 빙 둘러 있는 건물에 있는 이 거처는 바깥 출입문까지 오십 미터나 떨어져 있는 구중궁궐 같은 곳이건만 그는 빵 씹는 소리라도 새 나갈까 싶어 식탁에 그대로 숨죽인 채 있었다.

열 평 남짓의 실내를 뒤흔들어놓으며 공습경보처럼 울리던 벨소리가 마침내 그쳤다. 전쟁이 끝나고 평화가 왔으나 사라진 입맛은 돌아오지 않았다. 크루아상 부스러기가 생선의 비늘처럼 하얀 접시에 너저분하게 떨어져 있었다.

이곳에 온 지 닷새째 되는 날이었다. 비행기로 열두 시간을 날아온 나라에서 일박을 하고 기차로 국경을 넘은 다음 또 그 나라에서 일박을 하고 한 번 더 국경을 넘어온, 이박삼일에 걸쳐 당도한 이 낯설고 물선 곳에서 발각될 걱정을 하다니……냉정을 되찾고 나니 그는 자신의 과민반응에 실소가 났다. 자신이 여기 있다는 사실을 알고 있는 사람은 이 아지트 주인인 수형이 유일했고 가족조차 그의 행방을 모르고 있었다. 하긴 그 가족이란 것도 이젠 과거의 일이 돼버렸지만……

겹겹의 안전띠를 두른 잠수인 만큼 어떤 추적으로부터도 안전하다는 걸 새삼 떠올렸다. 그렇게 마음을 가라앉히고 나니 식욕이 다시 꿈틀거렸다. 민수는 흐트러진 크루아상 샌드위치를 가지런히 조합해 한입 베어 물었다. 바삭거리는 껍질에 이어 부드러운 버터향이 혀끝으로 몰려들었다. 닷새째 같은 메뉴임에도 아직 질리지 않는 것도 신기했다. 원조만이 갖는 맛의 깊이 때문일 수도 있었다. 다들 크루아상의 종주국을 나폴레옹의 나라로 알고 있지만 진짜 원조는 '동유럽의 파리'로 불리는 이 나라라고 했다. 여기서 이웃나라 오스트리아로 전해져 그 나라 공주였던 마리 앙투아네트가 즐겨 먹다가 그녀가 루이 16세와 결혼하면서 프랑스로 건너간 것이라고 했다. 비행기 옆자리에 앉았던 은퇴한 교수처럼 보이는 백발의 노신사가 기내식을 먹으며 알려준 사실이었다. 대단한 혼수품 아니요? 노신사의 반문에 그는 얼떨결에 고개를 끄덕일 수밖에 없었다. 민주와 자유를 최고의 가치로 배웠던 세대일지언정 그 노신사에게 '빵이 없으면 케이크를 드시라, 는 명언인지 망언인지를 했다가 대혁명 시대에 단두대의 이슬로 사라진 그 여자가 아닌가요?'라는 무례한 반문을 할 수는 없었다.

크루아상을 먹으면 먹을수록 노신사의 찬사가 오감으로 전해왔다. 민수 자신이 이곳으로 오기까지의 경로만큼이나 이 크루아상도 우여곡절의 여정을 겪었다고 생각하니 더더욱 친근한 맛이 났다. 샌드위치를 게 눈 감추듯 해치우고 나니 그의 관심은 다시 벨을 울린 정체불명의 사람에게로 옮겨갔다.

어쩌면 수형이 말했던 사람 중 하나가 아니었을까.

—아래층 사는 독거인 할아버지, 아니면 건물 관리인을 찾으면 돼.

집 열쇠를 건네주면서 수형은 두 사람의 현지인, 그러니까 문제가 생겼을 때 도움을 청할 수 있는 사람으로 그들을 알려주었다.

하지만 민수는 아직 아무도 보지 못했다. 이곳에 살고 있지 않은 관리인은 물론, 아래층 할아버지와도 마주친 적이 없었다. 잠수 중인 자신만큼이나 그 노인도 두문불출형 같았다.

수형도 자신이 이곳에 머무는 동안 아래층 노인과 맞닥뜨린 건 딱 한 번이었다고 했다. 말론 브란도를 닮은 무뚝뚝한 인상인데, 영어를 전혀 몰라 손짓발짓으로 소통하느라 애먹었다며 문제가 생기면 그 노인보다는 관리인에게 연락하는 게 빠를 거라고 덧붙이면서 메일 주소를 알려주었다. 문제는 메일을 보내려면 카페로 가서 그곳 와이파이를 이용해야 한다는 사실이었다. 민수는 어느 누구의 도움도 필요치 않기만 바랄 뿐이었다.

생각 끝에 민수는 벨 누른 사람이 아래층 노인일 거라고 생각했다. 한동안 비어 있던 집에 사람이 들어온 걸 아래층 사람이 모를 리 없을 터였다. 지은 지 이백 년은 돼 보이는 석조 건물에 똬리 틀듯 자리한 이 아지트는 걸을 때마다 마룻바닥이 심하게 삐걱댔다. 뒤틀린 나무판이 그의 몸무게에 눌려 나는 소리가, 불면증 있는 노인이라면 밤새 시달렸을 것 같았다. 그래도 남는 의문은, 만일 아래층 노인이라면 바로 계단을 올라와 문을 두드리면 될 걸 왜 굳이 출입문까지 가서 벨을 눌렀을까, 하는 점이었다.

콧대 높은 유럽의 백인들, 그들만의 에티켓이 있지. 우리로서는 이해가 잘 안 가는…… 글로벌 문화에 익숙한 수형이 입버릇처럼 하던 말을 빌리면 이해가 안 갈 일도 아니었디. 도착했을 때부터 민수는 수형이 알려준 이 건물의 유일한 이웃인 그 노인에게 인사라도 해야 하는 게 아닌가, 고민하다 결국 접었다. 말이 안 통하는 현지인을 상대로 우리식 예의를 차리는 일도 엄두가 안 나는 데다 무엇보다 스스로를 노출할 자신이 없어서였다.

—그 나라 말은 나도 어려워 일찌감치 포기했어. 말이 안 통하니 이웃이 될 수가 있나.

5개 국어를 구사하는 수형의 말에 주눅이 든 민수는 생존을 위한 현지어 몇 마디조차 익힐 엄두를 못 냈다. 수형은 지구 구석구석 그것도 오지 위주로 다니는 여행 작가였다. 직업상 세계 곳곳에 베이스캠프라고 할 만한 거처를 두고 있었는데 그중 가장 집다운 집이 낡은 건물 한쪽 구석에 딸린 창고 같은 이 열 평 남짓의 원룸이었다. 그나마 현대식 집의 형식을 갖춘 은신처라 민수로서는 행운이 아닐 수 없었다. 아프리카나 아마존 밀림, 히말라야 언저리에 있을, 은신처 아닌 생존의 위협을 느끼게 하는 그런 오두막은 떠올리고 싶지도 않았다.

도피 중이라 민수는 이곳에 오고 겨울잠에 빠진 개구리처럼 지내는 중이었다. 집안의 가장 역할까지 벗어난 터라 이젠 이역만리 낯선 땅에 새롭게 정착하거나 연기처럼 사라진다 해도 아무 미련도 없을 것 같았다. 그러자 삐걱거리는 침대가 하얀 뭉게구름으로 변해 몸이 허공으로 둥실 떠오르는 느낌에 종종 사로잡혔다. 아내는 자신보다 가장 역할을 더 잘 해낼 사람이었다. 일찍부터 현실을 훤히 꿰고 있던 똑똑하고 야무진 여자. 지금까지 안정적인 가정을 꾸릴 수 있었던 것도 오롯이 아내 덕이었음을 민수는 잘 알고 있다.

―나 아니었으면 당신은 수형 오빠처럼 여전히 끈 떨어진 풍선처럼 살고 있을 거야.

아내는 수형이 주도했던 야학의 학생들 중 가장 우수한 학생이었다.

―좀 더 부드러운 컨셉으로 방향을 바꿔보는 건 어떨까?

어느 날 수형은 도피 중이던 찬수와 민수를 찾아와 말했다. 매사에 신중한 찬수와, 둘의 의견에 잘 따르는 민수는 선선히 수형의 야학에 합류했다. 수형, 찬수, 민수라는 이름에서 일명 '3수 브라더'로 불리던 영문과 동기인 그들은 입학 때부터 친한 친구이자 이념적 동지로 피붙이 이상의 관계였다. 이념도 운동도 끝물에 접어든 팔십년대 턱걸이 학번이었지만 그들은 누구보다 열성적이었다.

야학 여학생들 중에서 가장 적극적이고 친화력 만점인 반장은 '3수 브라더'의 특별 멤버로 일찌감치 편입해왔다. 그러다 민수와 연애에 빠졌고 둘은 사귄지 이 년 만에 결혼에 골인했다. 적극적 성격의 그녀는 결혼 생활에서도 모든 걸 주도했다.

―일단 이혼부터 하자고요, 정민수 씨. 집과 아들은 지켜야 하잖아. 당신은 우유부단해서 우왕좌왕하다 결국 물귀신처럼 처자식까지 물속에 빠뜨리고 말 거라고.

아내의 요구는 현실적으로 분명한 이유인 만큼 당당하기도 했다.

애견 문제라도 이렇게 명쾌하긴 어려울 텐데 역시 아내답다고 생각하며 그는 서류에 사인했다. 어차피 자신이 엎지른 물이라 책임을 회피할 생각도 없었다. 공멸을 피하기 위한 이혼 수속은 결혼만큼이나 빠르고 일사불란했다. 연애 시절에도 그랬다. 아내는 어느날 갑자기 결혼 애길 꺼냈다. 임신 사실을 알리고 난 후라 성급하다는 생각은 들지 않았다. 민수가 운동과 현실 사이에서 갈피를 잡지 못하는 사이 그녀는 차근 차근 결혼 준비를 했다. 아내는 바깥에서 총성이 들려도 하던 일을 다 끝내고 내다볼 여자였다.

—민수 넌 노동자와 결혼했으니 이제 삶 자체가 운동이야.

아내의 고집으로 야학을 정리할 수밖에 없었던 그를 찬수와 수형은 기꺼이 축복해주었다. 그렇게 그는 이십대에서 삼십대로, 이상과 혈기로 넘쳤던 청년에서 한 집안의 가장으로 자리바꿈했다. 그의 이상은 아내에 의해 '현실 파악이 모자란' 젊은이들의 지적인 유행 같은 것에 불과했다고 나중에 평가절하당하긴 했지만…… 아내의 입지는 살아가면서 탄탄해졌다. 아내는 여러 면에서 민수보다 뛰어났다. 그녀의 제안에 따라 시작한 학원도 원장인 민수보다 강사인 아내가 더 능력을 발휘했다. 방통대 학생인 그녀가 영문학 전공자인 민수보다 더 인기 강사였으며 운영 면에서도 빼어난 수완을 보였다. 민수는 셔터 맨이 오히려 적성에 맞았다.

—당신은 잠시 떠났다가 폭풍우 가라앉고 나면 돌아와.

아내의 결단에 따라 그는 하루아침에 법적 무소유 상태로 남았다. 마음을 비우고 나니 냉정해 보였던 아내가 오히려 든든한 버팀목처럼 느껴졌다. 민수는 거기에 기댄 채 노년이나마 평온하게 보내고 싶었다.

—휴가라고 생각해. 동유럽에서 보내는 좀 긴 휴가.

수형과 찬수는 달콤한 퇴로를 마련해주며 위로했다.

야학 이후의 길은 서로 달랐지만 '3수 브라더'의 끈끈한 관계는 변함이 없었다. 한 사람이 어려움에 처하면 나머지는 '구국의 일념'으로 나섰다. 수형이 힘들 때는 찬수와 민수가 힘을 보탰고 민수가 어려울 때는 찬수와 수형이, 찬수가 난관에 부딪쳤을 때는 민수와 수형이 발 벗고 나섰다. 구십년대와 밀레니엄을 지나면서 IMF와 금융위기의 풍랑까지 거치는 동안의 일이었다. 풋풋한 우정과 끈끈한 이념적 동지애로 이루어진 희생은 일종의 품앗이이기도 했지만 상황이 나쁠 때는 폭탄 돌리기나 다름없었다. 급기야 그 폭탄이 찬수의 프랜차이즈 사업에 떨어지면서 아내 몰래 보증을 섰던 민수까지 파편을 맞게 된 것이다.

─가진 게 없으니 피해자 명단에서도 난 피해 가네.

일찌감치 여행 작가로 변신한 수형은 파편을 피했다. 대신 그는 수습에 온힘을 보탰다.

삐리리─ 삐리리─ 인터폰 벨이 다시 울린 건 첫 소리가 들리고 사흘 만이었다. 이전처럼 느닷없고 짜증스러웠으나 민수는 처음처럼 놀라진 않았다. 한 번의 경험이 낳은 학습효과는 의외로 커서 면역력에 배포까지 생겨난 그는 인터폰을 회피할 이유도 없다는 생각이 들었다. 두어 차례 벨소리가 울리고 난 다음 인터폰을 들었다. 무전기처럼 묵직할 거라고 생각했던 수화기는 의외로 가벼웠다.

"헬…… 로."

민수는 유선 통화의 전 세계 표준어일 법한 첫마디를 조심스레 내뱉었다.

수화기 건너편에서는 그가 전혀 알아들을 수 없는 이 나라 말이 빠르게 흘러나왔다. 그는 영어로 해달라고 부탁했다. 또다시 상대의 말이 자갈밭을 달리는 바퀴처럼 분주하고 소란스럽게 흘러나왔다. 아래층 할아버지는 분명 아닌 듯한 젊은 남자 목소리였다. 다시 그가 더 천천히 또렷한 말로, 영어로 해달라고 부탁했더니 뚝 인터폰이 끊겼다. 수화기 속 고요는 이 나라가 동유럽을 대표하는 사회주의 국가였던 사실을 민수에게 일깨웠다.

벨소리는 일주일에 두어 번, 잊힐 만하면 울렸다. 어차피 소통 불가인 데다, 이 은신처가 완전히 버림받은 심해는 아니라는 사실을 자각할 필요도 있겠다 싶어 민수는 벨이 울리는 대로 두었다. 느닷없고 발작적인 그 소리는 때로는 이 유서 깊은 도시의 한 점을 이루고 있는 이 낡은 집의 절규처럼 들리기도 했다. 한때 유럽의 중심이었던 이 도시도 세계사의 굴곡을 고스란히 껴안을 수밖에 없었을 것이다. 종교 전쟁부터 세계대전까지 얼마나 숱한 전쟁이 꼬리를 물었을 것인가. 한때는 창과 방패를 든 십자군과 이교도 군대가, 또 어느 시기엔 말 탄 몽골족 또는 투르크족이 짓밟고 갔을 것이고 더 가까운 시기에는 인종주의나 이념으로 무장한 독일군, 러시아군이 차례로 도시를 휩쓸고 갔을 것이다. 도시 한가운데를 흐르는 강은 핏물을 이루고 대기는 피비린내와 화약 연기로 자욱하던 날이 일상이던 때도 있었을 것이다.

현기증 나는 과거사의 파노라마가 지나고 나면 민수는 이 도시의 현재를 떠올리며 위안과 안정을 찾았다. 밤 산책길에 만나는 도시의 외양은 정교한 조각의 건축물들이 도나우강을 끼고 서서 지난 세기의 영화를 펼쳐 보이는, 사람으로 치자면 명문가 자손 같은 얼굴을 하고 있었다. 밤마다 휘황한 조명 세례를 받는 건축물들이 백화점 쇼윈도 속 명품을 연상시키며 세계적 관광 명소의 비주얼로 여행객의 마음을 홀려 주머니를 털 것 같았다. 도시 곳곳에 깃든 전통과 역사는 중동의 유전처럼 이 나라 사람들을 세세토록 먹여 살릴 자원으로 보였다.

*

숙소를 나서다 민수는 뜻밖의 문제에 부딪쳤다. 문을 잠그고 난 다음 열쇠가 문에서 빠지지 않은 것이다. 아무리 이리 돌리고 저리 돌리며 애를 써도 열쇠는 구멍에서 빠져 나오지 않았다. 디지털 도어록이 상용화된 21세기에도 쇠젓가락 같은 옛날식 자물쇠를 고집하고 있는 유럽의 콧대 높은 문화를 욕하며 삼십 분 가까이 씨름하다 그는 폭발 직전에 한 걸음 물러났다. 뒷목이 뻐근하고 손에는 땀이 배어나 끈적거렸다. 하긴 물건도 사람처럼 한 번씩 열받을 때가 있겠지. 그는 피차간에 열을 좀 식혀야 한다고 생각하며 열쇠를 그대로 둔 채 실내로 다시 들어갔다. 몰려드는 피로를 떠안고 벌렁 침대에 드러누웠다.

밤에만 해왔던 외출을 밝은 대낮에 한번 해보려 했더니 당장 쇠꼬챙이 하나가 태클을 걸어온 것이다. 한바탕 꾸었던 꿈 때문인지 잠에서 깨어나면서 그는 갑자기 이 나라 박물관과 미술관이 보고 싶었다. 뭔가 하고 싶은 일이 생겼다는 것 자체가 신기하고 반가웠다. 그동안은 밤도둑처럼 꼭 어두워지면 집을 나가 이리저리 거리를 배회하다 인터넷이 되는 카페에 들러 뉴스를 훑어보고는 문 닫기 직전의 슈퍼마켓에 들러 할인된 먹거리를 사 오는, 도피자의 생존 본능이 몸에 밴 일상이었다.

그는 천장 한쪽 모서리에 시선을 고정하고 있었다. 이백 년 된 건물이란 걸 일깨우듯 천장 모서리에서는 미세한 가루가 떨어지고 있었다. 이삼 일 지나면 그 가루가 쌓여 손바닥 크기만 한 하얀 원형을 이루면서 비로소 눈에 띄었다. 언젠가는 이 건물도 먼지처럼 사라질 운명임을 일깨워주는, 이 집의 모래시계 같았다.

침실에서 주방 쪽으로 눈길을 돌리면 분위기가 완전히 달라졌다. 주방은 서울 도심의 원룸이나 오피스텔처럼 생활가전이 빌트 인으로 갖춰져 있었다. 인터폰은 누렇게 변색한 낡은 모델인 반면 냉장고와 전자레인지는 수형이 새로 장만해 놓은 듯 한국 브랜드의 새 제품이었다. 열 평 남짓한 공간에 새것과 옛것이 체스 판의 흑백 칸처럼 안정적으로 맞물려 있었다.

침대 프레임과 나란히 뻗은 자신의 다리를 보고 있으니 그는 자신이 꼭 침실 소품처럼 여겨졌다. 천장 한쪽 모서리에서 끊임없이 흘러내리는 이 건물의 모래시계와 문 바깥에 완강하게 꽂혀 있는 열쇠, 그리고 그 사이에 무기력하게 누워 있는 자신을 떠올리자 '완전한 유폐' 신세 같았다.

―아들, 넌 어떻게 생각해?

그는 아들 손에 쥐어진 풍선의 가느다란 끈이 된 심정으로 물었다.

―어차피 아빠나 나나 하숙생처럼 살아왔는데 뭐, 딱히 달라질 거 있겠어?

아들 녀석은 입시생 특유의 무관심인지 쿨함을 가장한 사려 깊음인지 옆집 독거노인 문제 얘기하듯 했다.

―어차피, 소나기 피하기 위한, 임시방편 같은 거잖아.

폭풍우가 소나기로 바뀐 것만 다를 뿐, 아들의 목소리를 통해 아내의 생각이 또렷이 차분하게 흘러나오자 그는 소름이 돋았다.

민수는 침대에서 벌떡 몸을 일으켰다. 열쇠 문제를 해결하러 다시 문밖으로 나섰다. 마음을 가라앉히고 처음처럼 조심스레 열쇠를 돌려보았다. 왼쪽으로 한 번 오른쪽으로 한 번, 다시 반대로 돌려보아도 여전히 요지부동이었다. 디지털 도어락 시대에 이런 쇠꼬챙이 열쇠가 가당키나 하나 싶은 생각이 들자 손에 점점 힘이 들어가고 손놀림은 거칠어졌다. 생각 같아서는 확 비틀거나 망치로 손잡이를 때려 부수고 싶었다. 머리끝까지 올랐던 열을 다시 떨어뜨리고 감정을 추슬렀다. 그때 아래층 할아버지가 떠올랐다. 말론 브란도를 닮았다는…… 그나저나 말론 브란도가 아직 살아 있기는 하나, 싶은 생각은 미뤄두고 아래층 영감이 무뚝뚝한 데다 말까지 안 통한다는 수형의 귀띔이 생각났지만 앞뒤 가릴 처지도 아니었다. 진작 인사나 해놓을걸. 자책하며 민수는 계단을 내려갔다.

똑똑. 민수는 아래층 문 앞에 서서 조심스레 문을 노크했다. 인기척이 없었다. 이번에는 좀 더 힘을 주어 두드렸다. 여전히 무응답. 세번째도 마찬가지였다. 노인은 가는귀가 먹었거나 집에 없거나 둘 중 하나로 보였다. 좀 더 생각하니 후자 같았다. 민수는 그가 자신처럼 칩거나 두문불출형이 아니라 워낙 부지런해서 외출이 잦은 사람이라는 말을 수형으로부터 들은 것 같기도 했다.

민수는 나선 김에 근처 열쇠 가게를 찾았다. 기술자 손을 빌릴 수밖에 없었다. 슈퍼마켓으로 가는 큰길에 공구 파는 가게가 있었다. 등산용 장비부터 철물점 소품까지 골고루 갖춰져 있고 점원이 여러 명 있을 정도로 큰 가게였다. 민수는 점원들에게 다가서며 문의를 했지만 그들 중 아무도 영어 쓰는 동양인 남자에게 선뜻 다가오려 하지 않았다. 잠시 후에야 그들 중 가장 젊어 보이는 점원 하나가 떠밀리듯 민수 앞에 나섰다. 검은 뿔테 안경을 쓴 이십대 청년이었다. 몇 마디 건네고 나니 영어 실력이 영 형편없다는 게 드러났지만 그래도 신세대답게 파파고를 쓸 줄은 알았다.

민수는 만약의 경우를 위해 찍어온 사진을 보여주며 열쇠 문제를 설명했다. 청년의 영어 실력이 영 시원찮아 나중에는 민수도 파파고 힘을 빌려가며 설명했더니 간신히 뜻은 전달되었다.

'집 전화번호 주세요.' 청년의 말은 전화번호를 남겨놓고 가라는 얘기였다. 기술자가 외부에서 작업 중이니 오면 나중에 연락을 주겠다는 얘기였다. 언제쯤 기사가 와줄 수 있느냐고 물었더니 청년은 그건 확답할 수 없다고 했다. 한시가 급한 일이었지만 이곳 사람들 일처리가 한국과는 비교할 수 없을 정도로 느리다는 걸 민수도 잘 알고 있었다. 유럽이든 아시아든 한국을 제외하면 AS 받는 데 일주일은 기본이고 한 달도 예사라는 것도 잘 알고 있었다. 비용도 엄청나다는 사실도……

'집에 전화가 없어요.' 민수가 고개를 저으며 말하자 청년은 민수의 휴대폰을 손으로 가리켰다. 민수는 자신이 이곳에 오고 유심 칩을 바꾸지 않아 휴대폰으로는 이 지역 통화가 아직 안 된다는 사실을 설명했다. 그리고는 전화번호 대신 집 주소를 적어 청년에게 건넸다. 자신은 항상 집에 있으니 아무 때나 방문하면 된다고 설명했다. 그러자 청년은 '노' 하며 고개를 저었다. 전화번호가 없으면 접수가 불가능하다는 뜻이었다. 더욱이 수리기사가 영어를 못하기 때문에 가봐야 말도 안 통할 거라고 했다.

그때 가게의 매니저로 보이는 남자가 불쑥 끼어들더니 젊은 청년에게 뭐라고 나무랐다. 쓸데없는 일에 시간 낭비한다고 잔소리하는 것 같았다. 청년이 중간에서 우물쭈물 난처해하자 민수는 자신의 절박함을 다시 한번 호소했다. 갑자기 중년 남자가 빗자루를 들고 오더니 청년에게 내밀었다. 그렇게 할 일이 없으면 가게 앞이나 청소나 해라, 는 충고처럼 보였다. 순간적으로 민수는 자신이 쓰레기라도 된 기분이었다.

"아니, 이 양반이, 손님한테 이게 무슨 태도야?"

민수가 한국말로 버럭 화를 냈다.

남자는 어깨를 으쓱해 보이더니 그에게 나가라는 손짓을 더 노골적으로 해보였다.

"관광으로 먹고 사는 놈들이 어떻게 외국인한테 이따위 푸대접이야. 유색인종이라고 차별하는 거야 뭐야, 이 백인 양아치들이. 못사는 동유럽 나라 주제에."

홧김에 한바탕 퍼부은 다음 민수는 등을 돌렸다.

뒤에서 그들끼리 쑤군거리는 소리가 들렸다. 중국 사람 아냐? 중국말 아닌 것 같은데…… 이런 말이 오가는 것 같았다. 가게 문을 박차고 나오는데 이상하게 체증이 뚫린 기분이었다. 감정을 폭발시켜본 게 얼마 만인가 싶었다. 열쇠 문제 따윈 이미 민수의 안중에 없었다.

*

문을 열던 민수는 뜻밖의 광경에 주춤했다. 뭔가 착오가 있는 것 같았다. 노크한 사람은 자신이 예상했던 관리인의 범주를 벗어나 있었던 것이다. 유럽 영화에나 나올 법한 우아한 귀부인이 환하게 웃으며 층계참에 서 있었다. 하얀 모직 코트에 머리에는 샤프카로 불리는 러시아식 털모자를 쓴 금발의 키 큰 백인 여자였다. '여자'라고 하기에는 나이가 꽤 들어 보이지만 그렇다고 '할머니'라고 하기에는 너무도 우아하고 고혹적인 자태였다. 『닥터 지바고』의 라라가 늙으면 이런 모습일 것 같았다.

그녀는 차분한 영어로 자신이 이 건물 관리인이며 미스터 킴(수형을 일컫는 말이었다)의 메일을 받고 왔다며 자기소개부터 했다. 그녀의 이름은 메일 주소에 나타나 있던 알렉스. 원래 이름인 알렉산드리아의 애칭이라고 했다. 민수는 건물 관리인이 여자라는 얘기를 수형이 왜 해주지 않았는지, 아니 그보다는 건물 관리인이라면 으레 남자라고 생각하는 자신의 선입견을 탓하며 그녀를 쳐다보았다.

"낯선 사람이 보낸 메일은 잘 안 보는 나쁜 버릇이 있어요. 그래서 시간이 좀 걸렸어요."

그녀는 늦게 나타난 데 대해 사과했다. 민수가 그녀에게 보냈던 메일이 함흥차사였던 이유가 그제야 밝혀졌다. 처음으로 말이 통하는 이 나라 사람을 만났다는 사실에 민수는 반가움을 넘어 감격스럽기까지 했다. 소통의 악몽을 한 차례 겪은 후라 그녀의 출현은 더욱 각별했다.

"이거 때문에 고생했다죠?"

그녀는 한쪽 손을 들어 보였다. 희고 가느다란 그녀의 집게손가락에 문제의 구릿빛 열쇠가 황금 열쇠처럼 찬란하게 흔들리고 있었다. 그는 놀란 눈으로 그녀의 손과 현관문 손잡이를 번갈아 쳐다보았다. 꿈쩍도 않던 열쇠가 구멍에서 빠져나와 그녀의 손에서 경쾌하게 흔들리고 있는 것 아닌가. 그는 사흘 내내 씨름했던 원흉의 쇳조각이 그녀의 희고 가느다란 손가락에 걸려 달랑거리고 있다는 게 도무지 믿기지 않았다. 알렉스는 문제의 열쇠를 그의 손에 건넸다. 사흘 만에 손에 들어온, 차갑고 단단한 금속성 촉감에 민수는 소름이 돋았다.

"다시 한번 해보세요."

알렉스의 말에 따라 그는 받아 든 열쇠를 원래대로 열쇠구멍에 집어넣고 손잡이를 올린 다음 잠그고 열기를 반복했다. 귀신이 곡할 정도로 열쇠는 아무 문제없이 구멍으로 들어가고 그 속에서 좌로 우로 잘각잘각 절도 있게 움직이더니 마지막에는 매끄럽게 빠져나왔다.

"대체 뭐가 잘못됐던 거죠?"

민수는 뭔가에 홀린 기분이었다.

"쇠꼬챙이가 변덕을 부린 거죠. 한 번씩 그래요, 사춘기 소녀처럼……"

말끝에 알렉스는 소녀 같은 웃음을 쏟아냈다.

"비상 열쇠를 하나 마련해놓는 게 나을 거예요. 잘 아는 열쇠가게 있으니 안내할게요."

특별사면 되는 기분으로 민수는 그녀를 따라 집을 나섰다. 바깥 날씨는 쌀쌀했다. 그동안 집에만 틀어박혀 있어 찌뿌드

드했던 몸에 맵찬 기운은 오히려 상쾌했다. 이곳에 오고 처음으로 느끼는 겨울다운 날씨였다. 1월인데도 지금까지 거의 매일 비가 추적거렸던 것이다.

"이 가게예요."

알렉스가 길모퉁이에 있는 작은 열쇠가게를 가리켰다.

유리문을 열고 들어서자 주인으로 보이는 열쇠공이 유리 진열대 안쪽에서 그들을 맞았다. 가게만큼이나 자그마한 몸집의 남자였다. 열쇠공은 알렉스가 내민 열쇠를 유심히 살펴보더니 거기에 맞는 복제용 열쇠를 찾기 시작했다. 벽면에 빼곡하게 걸려 있는 복제용 열쇠들은 유형별로 세세하게 나뉘어 있었다. 적합한 모델을 하나 골라낸 열쇠공이 진열 칸을 밀자 벽이 갑자기 움직이며 뒤쪽으로 공간이 나타났다. 벽이 아니라 문이었던 모양이다. 열쇠공은 그 뒤로 사라졌다. 문 뒤에는 지하로 연결되는 비밀 통로라도 있을 것 같았다. 레지스탕스들이 모여 비밀 회합을 갖는 아지트 같은……

알렉스는 가방에서 담배를 꺼내더니 바깥으로 나갔다. 담배에 불을 붙여 물고 그녀는 거리를 바라보며 연기를 내뿜었다. 유리문 밖의 알렉스는 라라에서 이차대전 시절 레지스탕스 조직원처럼 보였다. 적군의 높은 정치 지도자의 애인이 되어 조직에 고급 정보를 수시로 전하는 비밀 요원, 열쇠공은 민간인 조력자, 민수 자신은 아시아계 점조직 요원…… 그런 인물 설정이 절로 만들어지는 그림이었다.

끨끨끨 끨끨끨— 끨끨끨 끨끨끨—

벽 뒤에서 들려오는 금속성 소리는 열쇠를 복사하고 있는 게 아니라 게릴라전을 펼칠 무기를 가공하는 소리 같았다.

끨끨끨 끨끨끨— 끨끨끨 끨끨끨—

기계음이 멎자 열쇠공과 알렉스는 다시 현실의 인물로 민수 앞에 나타났다. 열쇠공은 복제한 열쇠를 알렉스 손에 넘겼고 그녀는 새 열쇠를 꼼꼼하게 살펴보았다. 점검을 마친 열쇠를 민수에게 건네면서 알렉스는 관리인의 임무를 깔끔하게 완수했다.

"10유로 지불하시면 됩니다."

알렉스의 말에 따라 민수는 조직의 비밀 자금 건네듯 열쇠 가격을 지불했다. 각본은 거기까지였다.

"시간 되시면 커피나 한잔하실까요?"

민수는 그녀의 친절에 작은 성의라도 표해야 할 것 같았다.

알렉스는 휴대폰을 들여다보더니 마침 다음 약속까지 시간이 좀 남았다며 그의 제안을 받아들였다. 그리고는 자신이 잘 아는 커피숍을 안내하겠다며 앞장섰다.

"제가 청했으니 이건 당연히 제가 내야죠."

"무슨 소리, 미스터 정은 우리나라에 온 손님이니 계산은 내 몫이죠."

커피 값을 놓고 민수는 알렉스와 가벼운 실랑이를 했다.

"한국에서는 젊은이가 어르신을 대접하는 문화거든요."

알렉스를 밀어내고 간신히 커피 값을 치른 민수가 설명을 덧붙였다.

"그러니까 내가 늙은이다, 이런 말이죠?"

가시 돋친 농담을 하며 알렉스는 웃었다.

'어르신'의 적절한 영어 단어가 떠오르지 않아 민수가 '올드'라는 단어를 썼던 게 실수였다. 자존심이 꼿꼿이 살아 있다는 것 자체가 늙지 않음의 방증, 아니겠냐고 하며 민수는 엎지른 물을 수습했다.

"건물 관리인 일을 노후의 소일거리로 생각했던 건 착각이었어요."

알렉스는 자신의 일의 어려움부터 토로했다. 대학 졸업 후 그녀는 서유럽으로 가 독일 기업에 취직하면서 유럽 각지를 두루 돌며 살다가 은퇴하고 고향으로 돌아온 경우였다. 연금 생활자로 살면서 정신 건강을 위해 소일거리로 택한 게 건물 관리인 일이라고 했다. 하지만 세계적 관광지인 이 도시는 정책상 건물 개보수하는 일이 엄격하게 통제되고 있어 관리인 일이 보통 손이 많이 가는 게 아니라며 어려움을 토로했다.

"그나마 미스터 킴 숙소는 비어 있는 때가 많아 다른 집들에 비하면 수월한 편이죠."

알렉스는 세입자 수형이 집 관련 문제를 요청해온 건 계약 이후 처음이라고 했다. 관리인에게 수형은 더없이 좋은 세입자였던 셈이다.

"한 달에 서너 번 호출하는 세입자도 있었어요, 그 집에……이제 다 지난 일이지만……"

그녀는 씁쓸한 표정을 지으며 말했다.

"아래층에 혼자 산다는 할아버지 말인가요?"

민수의 반문에 알렉스가 살짝 긴장하는 표정이었다.

"네. 하비라고…… 근데 어떻게 그를 알죠?"

"열쇠 문제 때문에 그 집 문을 두드렸던 적이 있었거든요."

그러면서 민수는 친구 수형이 문제가 생기면 가장 가까운 그를 찾으라고 알려주었다는 얘기도 덧붙였다.

"두 달 전 갑자기 사라졌어요. 실은, 하비가 시리아 출신 난민이었거든요."

새로운 정보가 그녀를 통해 흘러나왔다.

"이 나라 사람이 아니었어요? 백인이라고 들었는데……"

민수는 수형의 이야기 속 말론 브란도를 떠올리며 되물었다.

"언뜻 보면 백인 같아요. 모친이 독일계, 부친이 아랍계라…… 하비는 이웃과도 안 어울렸어요. 모든 문제를 관리인인 나를 통해 해결하려 했죠."

그녀는 곤혹스러워하는 표정이었다.

"여길 떠나면 어디로 가죠, 그런 사람들은?"

'난민' 대신 '그런 사람들'이라는 표현을 쓰며 민수는 조심스럽게 물었다.

"글쎄요. 원래는 하비도 독일로 가기 위해 이곳에 왔는데 켈레티역에서 좌절당했죠. 서유럽도 분위기가 완전히 바뀌어 이젠 그쪽도 어려울 거예요."

그녀는 한숨을 내쉬며 말을 맺었다. 자신에게 전적으로 의지했던 그를 끝까지 보호하지 못한 게 마음에 걸린 모양이었다.

켈레티역 사건은 민수도 몇 년 전 한국에서 접한 뉴스였다. 아래층 남자가 그 사건의 주인공의 한 사람이라고 생각하니 남의 일 같지 않았다. 자신의 집 마룻바닥이 아래층 거주자에겐 천장이었을 벽 하나를 사이에 두고 두 남자가 각자 홀로 쓸쓸히 틀어박혀 지내는 모습이 민수의 눈에 선히 그려졌다.

"언제든 문제가 생기면 바로 연락해주세요."

커피를 다 비운 그녀는 자신의 명함을 건네고는 자리에서 일어났다. 그리고는 익숙하고 빠른 손놀림으로 탁자 위의 휴대폰과 장갑을 챙겨 가방에 넣고는 서둘러 사라져 갔다. 은퇴 후 소일거리 삼아 일하는 건물 관리인이 아니라 잘 나가는 커리어 우먼 같았다. 그녀의 뒷모습을 물끄러미 바라보면서 민수는 그동안 인터폰에서 난데없이 흘러나왔던 낯선 이의 영문 모를 말도 하비와 관련한 일이었을 거라는 짐작이 들었다.

'열쇠 문제 해결했어?'

알렉스를 보내고 나자 기다렸다는 듯 수형의 카톡 문자가 날아왔다.

민수는 그에게 관리인이 여성이라는 사실을 왜 미리 알려 주지 않았냐고 따지려다 그만두었다.

'해결!'

민수는 용건만 간단히 날렸다.

'찬수 일도 웬만큼 풀리고 있으니 걱정 말고 그곳 생활이나 즐겨.'

청하지도 않은 위로의 문자가 날아왔다.

그는 찬수 관련 문제도 가족 소식도 더 이상 구체적으로 묻지 않기로 했다.

―당신 몸에는 피가 아니라 철 지난 이념의 잔재가 아직도 흐르고 있잖아. 피붙이보다 가족보다 우선인 관계가 '3수 브라더'아냐.

아내는 결혼 생활 내내 '3수 브라더'의 유대를 질투하는 것 같았다. 그럴 만했다. 진로, 생활비, 사업 관련 보증 문제도 집안사람보다 늘 그들이 먼저였다. 하지만 다 지난 일이다. 떠나온 곳의 일은 이제 한동안 잊고 싶었다.

어스름이 깔리는 거리에 눈이 날리기 시작했다. 지금까지

늘 비가 추적거렸을 뿐 눈은 처음이었다. 눈발이 점점 굵어졌
다. 펄펄 휘날리는 하얀 눈송이가 네오고딕 양식의 건축물과
노란 트램 버스가 지나다니는 거리의 정취를 한층 더 살려냈
다. 두툼한 외투 차림 사람들이 빠른 걸음으로 오갔다. 여느
날보다 샤프카를 쓴 여성들이 많았다. 라라와 나타샤, 소냐로
보이는 큰 키의 금발 또는 검은 머리 여자들이 눈 내리는 거리
를 성큼성큼 오갔다. 볼셰비키 혁명이 휘몰아치던 시절의 모
스크바 거리를 상상하자 그는 반정부 운동을 하는 청년이라도
된 기분이었다. 향수병 같은, 비장하고도 낭만적인 감흥에 사
로잡힌 채 그는 눈 내리는 거리를 천천히 걸었다.

　민수는 어느새 켈레티역 앞에 와 있는 자신을 발견했다. 쫓
기듯 이 도시에 입성할 때도 이곳에서 열차를 내렸다. 그때
만 해도 이 역이 뉴스에서 접했던 그 역사적 장소라는 건 몰
랐다. 서유럽 행 열차를 타려던 난민 삼천 명의 발이 묶였던
곳…… 지금은 백팩이나 작은 캐리어를 끄는 개별 여행자들
만 보였다. 그 삼천 명의 사람들은 철로를 따라 서쪽으로 달
리면 안착할 약속의 땅이 있을 거라고 믿었던 걸까, 아니면
지푸라기라도 잡는 심정이었을까. 그러고 보니 민수는 자신
도 한국을 떠나 서쪽을 향해 왔다는 생각이 떠올랐다.

　"헬로."

　민수는 놀라 고개를 돌렸다.

노숙자 같은 허름한 옷차림의 남자가 그에게 신문을 내밀고 있었다. 말론 브란드를 닮은 늙은 백인 남자였다.

"하비?"

느닷없이 그 말이 튀어나왔다.

남자는 그 말을 들었는지 못 들었는지 멀뚱멀뚱 민수를 쳐다보았다.

"원 달러."

사내가 민수의 말에 답하듯 집게손가락을 치켜세우며 한마디 했다.

민수는 반사적으로 지갑에서 1달러를 꺼냈다. 사내는 땡스, 라는 한마디를 들릴 듯 말 듯 내뱉고는 1달러를 낚아채 갔다. 민수는 멀거니 사내의 뒷모습을 바라보았다. 자신이 알고 있는 그 '하비'일 리가 없건만 왜 그 말이 불쑥 튀어나왔는지 이해가 되지 않았다. 낯선 글자가 잔뜩 인쇄돼 있는 신문을 옆에 끼고 그는 전철역을 벗어나 왔던 길을 다시 거슬러 걸었다.

―더는 도울 수가 없었어요. 보수당 대통령이 당선되고 이곳도 완전히 바뀌었죠. 유럽이 앞으로 어떻게 되려는지 원, 이 나라도 이젠 난민을 도우면 형사 처벌까지 받게 되니까요. 하비도 그걸 알았을 거예요.

알렉스는 우울한 표정으로 그 얘길 털어놓았다. 그녀 역시

크로아티아 출신 아버지와 그리스계 어머니 사이에서 난 이주민 가정의 자손이라는 사실도……

민수는 대문 앞에서 걸음을 멈췄다. 주소 하나 달랑 들고 맨 처음 이 건물 앞에 섰을 때가 생각났다. 그때와 같은 긴장과 감흥이 온몸을 감싸왔다. 대문은 성문처럼 크고 높은 육중한 나무문이었다. 대문 한쪽에는 각 가구에 해당하는 초인종이 쭉 정렬돼 있었다. 호수 옆에 세입자 이름으로 보이는 낯선 문자가 표기돼 있었지만 민수의 집과 하비의 집은 아무런 글자도 없었다. 민수는 그중 하비의 집 벨을 눌러보았다. 발신음이 희미하게 들리는 걸로 미루어 정상적으로 작동되고 있는 벨이었다. 화재 경보 같은 벨소리가 요란하게 울릴 내부를 상상하며 그는 몇 번이나 벨을 눌렀지만 응답은 없었다.

묵직한 대문을 밀고 민수는 마당으로 들어섰다. 중정 형식의 마당을 중심으로 석조 건물이 삼면으로 둘러 있는 구조다. 정교한 조각들로 장식된 바깥 외벽과는 달리 중정에서 바라보는 건물 안쪽 벽체는 땜질 자국과 곰팡이가 보이고 군데군데 떨어져 나가 철근과 벽돌 같은 골재가 적나라하게 드러나 있었다.

중정 마당을 가로지른 민수는 하비 집 문 앞에서 걸음을 멈췄다. 알렉스에 의하면 민수가 이곳에 도착하기 전부터 비어 있는 집이었다. 하지만 민수는 이 집 창으로 새 나오는 희미한 불빛을 밤 산책길에 몇 번 본 적 있었다. 알렉스가 틀렸거나 자신이 틀렸거나 둘 중 하나일 테지만, 가까이 있었던 자신이 맞을 확률이 더 높아 보였다. 민수는 주머니 속에서 만지작거리던 열쇠를 꺼내 그 집 열쇠 구멍에 꽂아보았다. 열쇠를 이리저리 돌려보았지만 문은 열리지 않았다. 진짜 문이 열리면 어쩌나 사실 조마조마했다. 민수는 계단을 올라 자신의 방으로 향했다.

실내로 들어선 그는 전등을 켜고 라디에이터 스위치부터 올렸다. 방 안 공기가 이전과는 달리 쌀쌀했다. 커피를 마시기 위해 전기포트를 꽂는 순간 '탁' 소리와 함께 전기가 나갔다. 아차, 싶었지만 늦었다. 이 시간에는 전기포트를 쓰면 안 된다는 사실을 깜박했던 것이다. 전압이 낮은 곳이라 정전은 흔한 일이었다. 누전 차단기를 올릴 생각도 않은 채 민수는 침대에 쓰러지듯 누웠다. 눈길을 너무 오래 걸은 탓인지 다리가 아팠다.

정전도 처음엔 당황스러웠지만 이제는 익숙해졌다. 삼사십 년 전, 어릴 적 민수가 겪었던 일을 세계적 관광지인 이 유럽의 도시에서 겪고 있으니 특화된 이 도시만의 여행 체험 프로그램 같았다. 막간극의 암전 같은 어둠 속에서 민수는 그동안 잊고 있었던, 박물관과 미술관 관람을 다시 생각해냈다. 그 전에 해결해야 할 일들까지 떠올랐다. 당장 휴대폰 대리점을 찾아 유심 칩부터 바꿔야 했다. 그런 다음 알렉스에게 전화를 걸어 시간이 되면 미술관이나 박물관에 같이 가지 않겠느냐 고 물어볼 생각이었다. 얼마나 다행인가. 자신이 이곳에서 도 움을 받거나 이웃으로 지내야 할 현지인 중 한 명은 확실하게 존재하고 있으니……

*

　여느 날처럼 민수는 크루아상 샌드위치로 아침을 해결하 고 있었다. 입맛도 점점 이 나라 식생활에 적응하고 있다는 생각이 들자 마음이 평온해졌다. 전날에는 그동안 미뤄놓았 던 집안일까지 말끔하게 마무리를 해서인지 아침이 더 상쾌 했다. 더욱이 오늘은 벼르고 별렀던 이 도시의 미술관과 박 물관을 둘러볼 계획이었다. 한 달에 한 번 있는 '문화의 날'에 는 이 도시의 모든 전시관 입장료가 무료인데 마침 오늘이 그 날이었다. 거기다 동행할 파트너도 있었다. 자신이 알고 있는 유일한 현지인인 알렉스. 그녀도 자신보다 십수 년 젊은 동양 남자 민수를 싫어하는 눈치는 아니었다. 미술관 동행을 제안 하자 흔쾌히 응했다.

　띠리리리리리리—

　샌드위치 마지막 조각을 입에 넣고 나니 기다렸다는 듯 인터폰이 울렸다.

띠리리리리리리—

벨소리가 팡파르처럼 울려 집 안에 활기를 불어넣었다. 시계를 보니 약속 시간이었다. 정확하고 책임 있는 관리인답다고 생각하며 민수는 식탁에서 한달음에 달려가 인터폰을 들었다.

역시나 알렉스였다. 맑은 고음의 그녀 목소리가 수화기로 흘러나왔다.

"헬로— 하비!"

그 한마디에 민수는 마지막으로 삼켰던 크루아상 조각이 목구멍에 턱 걸렸다. 자신은 하비가 아니라 미스터 정, 정민수라고 그녀를 일깨워주려 했지만 빵 조각이 목구멍을 꽉 움켜잡고 있어 말은커녕 숨 쉬기도 어려웠다.

"……"

"하비, 날씨가 엄청 추워요."

그는 계속 자신이 하비가 아니라 정민수라고 대답하려 했지만 말소리가 되어 나오지 않았다. 나는 하비가 아니라 민수라고요, 한국에서 온 정민수.

하지만 인터폰 너머의 소리는 완강했다.

"추워요. 빨리 문 열어요. 하비…… 하비?"

갭

마지막으로 남은 건 스카프였다. 유니폼을 성장(盛裝)으로 끌어올리는 작지만 결정적인 소품. 긴 목을 감싸고 난 끝자락이 새의 꽁지처럼 날렵하게 허공으로 뻗은 그것의 매듭을 수민은 올가미 풀듯 조심스레 끌렀다. 가느다란 와이어가 가장자리에 둘러 있는 그것을 손으로 돌돌 말아 원형의 세탁조 안으로 던지자 연푸른 실크 천은 방금 벗어낸 속옷과 유니폼 위에 사뿐히 얹혔다. 훌훌 다 벗어던진 몸으로 수민은 세탁실을 등지고 거실 마루로 빙그르르 들어서며 스텝을 밟았다. 원 투, 원 투. 갑옷 같은 유니폼에서 벗어나면 전쟁 끝나고 고향에 돌아온 병사처럼 홀가분해져 몸이 절로 리듬을 탔다.

경쾌한 스텝으로 수민은 거실 한쪽에 놓인 전신거울을 향해 갔다. 거울 앞에 선 그녀는 단정하게 묶어 올렸던 머리를 풀어 헤치며 어깨와 허리선을 과감하게 드러내는 웨이브를 만들어 보였다. 언젠가는 탄력을 잃고 생리마저 끊기고 무너져 내릴 몸이지만 아직은 라인이 살아 있는, 생산 가능한 몸이었다. 가슴을 한껏 내밀고 아랫배는 최대한 밀어 넣으며 S라인을 만들어 보이는 찰나, 무슨 소리가 들렸다. 수민은 반사적으로 가슴을 감싸 안으며 몸을 움츠렸다. 누가 숨어서 지켜보고 있기라도 한 듯……

진공청소기나 블렌더를 연상시키는 기계음이 희미하게 윙윙거렸다. 위층에 누군가 이사 온 게 분명했다. 늦은 밤의 소음이 그렇게 반가울 수 없었다. 으슥한 밤길을 혼자 걷다 자신과 같은 처지의 여자라도 만난 듯 위안이 되는 소리이기도 했다. 이사한 지 반년이 넘도록 아래위층이 다 비어 있었다. 언젠가 한번 확인하러 가보았더니 아래층은 신탁회사 소유임을 알리는 안내문이 현관에 붙어 있고 위층은 엘리베이터 앞에서부터 그 집 현관문까지 어른 키만 한 종이 박스들이 복도를 그득 메우고 있었다. 사람의 진입 자체를 막고 있는 일종의 바리케이드였다. 대형 종이박스는 진압경찰 앞에서 침묵으로 대치하고 있는 시위대를 연상시켰다. 소름이 돋았다. 빈틈없이 복도를 점령하고 있는 종이박스 스크럼의 압도적 기세에 떠밀려 허겁지겁 그곳을 내려왔다. 내려오고 나서도 커다란 박스들 속에 도사리고 있을 정체불명의 그 무엇이 자꾸 연상되었다.

준공 삼 년이 지난 아파트지만 입주는 절반도 되지 않았다. 미국발 금융 위기의 여파로 주변 개발 계획이 무산되면서 미분양이 속출하는 바람에 건설사는 일찌감치 부도가 나고 소유권이 신탁회사로 넘어간 아파트였다.

—세입자한테야 환상의 조건이죠. 지은 지 삼 년이 넘었으니 새집 증후군도 없는 데디 첫 입주잖아요. 시세의 절빈 가격에, 융자가 있긴 해도 주인이 보증보험을 들어주니 걱정할 것도 없고 거기다 입주 청소까지 해준대요.

중개사 여자가 추천 물건의 장점을 조목조목 열거했다. 빈집 많은 아파트라는 점만 빼고는 나무랄 데 없는, 파격적인 조건이었다. 매사에 빈틈없는 남편도 별다른 말이 없었다. 더 고민할 이유가 없었다. 머뭇거리는 사이 누가 낚아채기도 할세라 그 자리에서 바로 계약금을 치른 집이었다.

새 이웃을 떠올리자 수민은 사설 경비 업체에 무료 가입이라도 한 기분이었다. 그뿐인가. 공동 주택에서 이웃이란 냉난방비는 물론 공동 경비 부담까지 덜어주는, 생활비 절감의 일등공신이기도 했다. 더 빠르고 경쾌한 스텝으로 수민은 넓은 거실을 한 바퀴 돌았다. 이곳으로 이사 와 혼자 살게 되면서

하게 된, 훌훌 다 벗어던지고 하는 이 '훌 벗' 댄스는 해방감은 물론 하루의 피로를 푸는 데 그만이었다. 좁은 객실 통로에서 늘 허리를 꼿꼿이 펴고 오가야 하는 직업인지라 넓은 공간을 보면 수민의 몸은 곧잘 리듬을 타며 구석구석 누비고 다녔다. 올가미 같은 스카프에서부터 거추장스러운 것들을 다 벗어던지고 나면 빈집이 에덴 동산으로 변했다. 하나님은 잠에 취해 있고 아담은 외출 중이어서 이 나무 저 나무 옮겨 다니며 마음껏 선악과를 따 먹을 수 있는 이브가 된 기분이었다. 집 안 구조도 거리낄 게 없었다. 맨 앞 동이라 노출 염려가 없는 데다 아래위층이 비어 있으니 강도 높은 스텝도 문제될 게 없었다. 남편과 떨어져 사는 것도 한몫했다. 남편이 지방으로 발령받는 바람에 결혼 칠 년 만에 주말부부가 된 것이다. 양육 문제가 있는 것도 아니어서 이왕 따로 살 바에야 각자 일터 가까운 곳에 집을 구하기로 했다. 남편은 사무실 근처에 오피스텔을, 항공사 승무원인 수민은 공항 근처 신도시에 집을 얻으면서 서울 집을 떠났다.

이런 경우는 분가야, 별거야? 수민의 물음에 고지식한 남편은 잠시 고민하더니 '시한부 독립 생활'이라고 좀 더 정교한 답을 내놓았다. 수민은 혼자 살아보는 건 처음이어서 독립에 대한 부담만큼 새 생활에의 기대와 설렘도 있었다. 남편 역시 새로운 환경이 나쁘지 않을 터였다. 맞벌이라 결혼 이

후 가사일도 반반씩 분담해온 데다, 남편은 수민 이상으로 집 안일을 잘했다. 소소한 일상적 불편은 수민이 더하면 더할 정도였다. 집에서도 남편은 흐트러진 모습을 보이는 성격이 아니었다. 살을 섞고 살면서도 침대에서 벗어나면 꼭 옷을 챙겨 입었고, 찌개를 먹을 때도 수저가 섞이지 않도록 그릇에 따로 덜어 먹는 습관에 일주일에 한 번씩은 식기를 열탕 소독해야 하는 성격이어서 때론 가족이 아니라 예민하고 까다로운 일등석 승객과 한 지붕 아래 지내는 기분이었다. 그런 성격이 수민으로 하여금 시한부 독립 생활에 '사주독립만세'를 외칠 정도의 해방감을 느끼게 해주었다.

실내를 몇 바퀴 돌며 가볍게 몸을 풀고 난 수민은 욕실로 향했다. 이렇듯 춤으로 가벼운 운동을 하고 나서 온수 샤워를 하고 잠자리에 들면 시차 걱정 없이 숙면을 취할 수 있었다. 샤워를 하며 수민은 앞으로는 춤도 샤워 시간도 신경을 써야 한다는 사실을 깨달았다. 출퇴근 시간이 일정치 않은 데다 빈 집에 둘러싸여 있어 그동안 세탁기나 청소기 돌리는 일도 전혀 시간에 구애받지 않았다. 하지만 이제는 그런 기계음은 물론, 샤워 시간이나 춤출 때 스텝의 강도도 조절해야 했다. 이런 저런 불편에도 새 이웃의 등장은 반가웠다.

*

―그 집 보증보험 문제는 해결된 거지?

전화에서 남편은 수민이 그동안 까맣게 잊고 있었던 일을 꺼냈다. 원래 남편 몫이었던 문서 관련 일도 독립과 함께 분담이 되었다. 오피스텔은 남편 명의로, 아파트 전세 계약은 수민 명의로 돼 있어 각자 거주지 문제는 각자 해결하기로 했던 것이다. 첫 과제부터 수민은 아직 해결 전이었다.

―그나저나, 위층에 누가 이사 온 거 같아.

수민은 새 이웃 소식으로 남편의 관심을 돌렸다.

빈집 많은 걸 늘 마음에 걸려하던 남편은 듣던 중 반가운 소리라며 반색했다.

―그러잖아도 이번 주에 못 가서 어쩌나 걱정하던 참이었는데.

뒤따른 남편의 말에 수민은 반색의 진짜 이유가 그 때문이었나 싶어 의기소침해졌다.

―이러다 남편보다 이웃과 더 가까워지는 거 아냐?

―급한 일에야 이웃이 멀리 있는 가족보다 낫지.

수민의 가시 돋친 반문에 따른 남편의 대꾸였다.

일의 특성상 주말을 남편과 같이 보낼 시간은 한 달에 한두 번 정도였지만 그마저 뜸해지고 있었다. 언젠가부터 남편이 못 오는 데 대한 이유가 따르지 않고 수민도 굳이 캐묻지 않게 되었다. 처음에는 남편이 회사 일로 못 오면 수민은 휴가라도 받은 기분이었다. 하지만 갈수록 남편의 부재는 수민을 긴장시켰다. 고무줄처럼 느슨해지다가 부지불식간에 끊어지는 관계는 또 얼마나 많은가. 아무리 법적 부부라도 서로의 유전자를 나눠 가진 실체가 없다면…… 생각이 거기에 이르자 수민의 기분은 서서히 가라앉기 시작했다.

─애기가 어리겠네요.

남편과 동행하는 일에 으레 나오는 애기였다.

전세 계약서를 쓸 때는 남편 없이 수민 혼자 중개소에 들렀다. 마침 비행이 있던 날이라 수민은 공항에서 중개사 사무실로 직행했다.

─얼마나 좋은 직업이에요. 늘 해외여행 다니는 기분일 테니.

중개사 여자는 승무원 복장에 기내용 캐리어를 끌고 들어선 수민을 보고 부러워하며 말했다. 완벽한 메이크업과 올림머리, 거기다 목에 둘러진 날렵한 스카프가 낳는 단정한 승무원 이미지에 심심찮게 듣는 애기였다. 테러리스트의 총구가 목을 겨누어도, 취한 승객이 성희롱을 해와도 미소를 잃지 않아야 하는 직업의식도 한몫했을 터였다. 이국땅의 호텔 숙소가 집보다 나을 거라고 생각하는 여느 사람들처럼 수민도 애초에 그런 단순한 생각으로 택한 직업이었다. 막상 그 일이 직업이 되고 난 뒤로는 젊은 날의 방랑벽은 오간 데 없고 집에 머무는 게 세상에서 제일 행복한 일이 돼버렸다.

—계약서부터 한번 살펴보시죠.

중개사는 미리 작성해놓은 문서를 내밀었다.

수민은 임대차 계약서를 제대로 들여다본 적이 한 번도 없었지만 주인이 늦는 바람에 특약사항까지 읽게 되었다. 시중가의 절반인 전세금 액수에서는 횡재한 기분이더니 보증보험 대목에 이르렀을 때는 불안하기까지 하면서 감정의 극적 흐름을 다 경험하는 기분이었다. 원래는 남편 근무지의 오피스텔도 월세로 임대할 생각이었으나 남편이 투자 겸 사놓자고 하는 바람에 돈이 그쪽으로 쏠려 전세금이 넉넉지 않았다. 돈에 맞춰 소형 아파트 전세를 찾던 중 파격적으로 싼 32평형 아파트가 눈에 띄었다. 융자가 많이 잡힌 집이었지만 주인이 보증보험을 들어준다는 조건이어서 망설일 이유가 없었다.

계약서를 두 번이나 훑어볼 때까지 주인은 오지 않았다. 출입문 쪽에 놓인 원형 테이블에 앉아 있던 수민은 건너편 벽에 걸린 거울에 비친 자신의 모습을 보았다. 면접 대기실에 앉아 있는 지원자처럼 경직된 표정이었다. 집이라는 큰 매개물로 이루어지는 관계인 만큼 긴장이 따르는 데다 집주인이 약속 시간보다 늦는 바람에 긴장 상태는 더 길어지고 있었다. 이렇듯 낯선 사람을 만나는 일에 익숙지 않은 자신이 승무원 생활을 십 년 넘게 해오고 있다는 사실 자체가 스스로 생각해도 신기했다.

부동산 중개 사무실도 비행기 객실처럼 길쭉했다. 상가 일층에 가게를 많이 넣기 위한 구조였다. 기체 구조상 객실을 중심으로 조종실과 주방과 비상구 그리고 승무원 휴게공간인 벙커가 일렬로 배치되는 비행기처럼, 사무실 맨 안쪽에 간이 주방 겸 냉장고가 놓이고 그 앞에 중개사 책상이 놓이고 소파는 벽에 길게 붙어 앞쪽은 통로를 이루고 있었다.

―지난번 그거 입금 되었나요?

검은 서류 가방을 든 한 남자가 급히 문을 열고 들어서며 말했다. 사무실 직원인 듯 그는 중개사 책상으로 곧장 다가서서는 옆의 빈 테이블에 자리 잡았다. 그 뒤를 이어 노신사가 네댓 살로 보이는 꼬마 녀석을 품에 안고 들어섰고 그 뒤를 유모차를 앞세운 노부인이 따라 들어섰다. 유모차에는 돌도 안 된 듯한 어린 아기가 타고 있었다. 노신사의 품에서 내려선 꼬마가 먼저 들어선 남자가 앉은 책상으로 뛰어가며 '아빠'라고 외치는 걸로 미루어 다들 한 가족임을 알 수 있었다.

―이분이 새로 오실 세입자분이세요.

중개사 여자가 수민을 남자에게 소개했다. 그제야 수민은 남자가 사무실 직원이 아니라 수민이 계약할 집의 소유주임을 깨달았다. 임대차 계약이라는 큰일에는 온 가족이 동참해야 한다는 걸 보여주기라도 하듯 삼대에 걸친 가족이 출동한 모양새였다. 수민은 대가족의 등장에 주눅 드는 기분을 느끼며 동행하지 않은 남편이 야속할 정도였다. 집주인 남자가 서류를 꼼꼼히 훑어보는 동안 다른 가족은 든든한 뒷배처럼 자리를 지키고 있었다. 노부부는 벽 쪽 소파에 나란히 앉았다. 노신사는 신문을 펼쳐 들고 내내 신문을 읽었고 노부인은 어린 손주가 탄 유모차를 물티슈로 구석구석 꼼꼼하게 닦았다. 노부모에서 어린아이로 이어지는 삼대 가정의 실질적 가장으로 보이는 남자는 책상에 앉아 중개사에게 이런저런 질문을 던지며 서류 검토에 바빴다.

대형버스나 비행기 객실 통로처럼 폭이 좁고 길쭉한 실내를 정신없이 오가는 꼬마 탓에 사무실은 내내 어수선했다.

원형탁자에 앉아 계약서를 살펴보던 수민은 고개를 들 때마다 유모차를 탄 아기와 눈이 마주쳤다. 아기는 까만 눈동자로 수민을 뚫어지게 보았다. 낯선 사람에 겁먹은 것 같기도, 신기해하는 눈빛 같기도 했다. 그 맑은 눈에 수민은 홀리듯 빠져들었다. 지난 칠 년간 수민 내외도 이런 눈부신 생명체를 갖기 위해 온갖 정성과 노력을 기울였지만 아직까지 결실을 맺지 못했다. 아기만 태어나주면 수민은 가정이라는 신세계에 뛰어들어 제2의 인생을 살고 싶었다. 그럴 낌새는 보이지 않았다. 승무원 경력이 길어질수록 수민은 서비스업이야말로 타고난 자질과 체력을 필요로 하는 전문직이라고 느꼈다. 수민에게 자신의 일은 천직이 아니었다. 한결같은 감정으로 고객에게 서비스를 제공해야 하는 일에서 느끼는 보람과 성취에는 뭔가 모를 한계와 벽이 있었다.

―이제 계약서 쓰셔야죠.

십여 분 만에야 남자의 서류 검토가 끝나고 수민 쪽으로 다들 다가왔다.

―계약은 여기 모친 명의로 할 겁니다. 법적으로는 어머님 소유의 집인 거죠.

중개사가 설명을 덧붙이고는 수민 앞에 노모를 앉게 했다.

노부부가 동행한 이유를 알 수 있을 것 같았다.

유모차에서 수민 앞으로 자리를 옮겨 앉은 노부인은 온화하면서도 강단이 있어 보이는 인상이었다. 가방에서 돋보기를 꺼내 쓴 그녀는 계약서에 주민번호와 이름, 주소 등을 차례로 기입해나갔다. 49로 시작하는 주민번호에 이름은 단정한 필체의 한자로 쓰였다. 李正淑. 글씨체부터 차분하면서도 익숙한 일련의 동작으로 미루어 노부인은 공무원 혹은 교사 생활을 하다 은퇴한 사람 분위기를 풍겼다.

―어디 한번 볼까요?

작성된 계약서를 아들이 꼼꼼히 검토하면서 일은 마무리되

었다. 남자는 수민에게 집 관련 문제는 모친이 아닌 자기에게
직접 연락하라며 계약서에 자신의 휴대폰 번호를 따로 적어
주었다.

—집은 걱정 안 하셔도 될 거예요. 제집처럼 깨끗하게 쓰겠
습니다.

수민이 완성된 계약서를 건네받으며 말했다. 노부인도 남
자도 그 문제에 아무런 관심이 없는 듯한 반응이었다. 세입자
인 당신에게 집 사용 권리가 있으니 그럴 필요는 없다는 태도
로 보이기도 해서 수민은 자신의 말이 시대에 뒤떨어진 것처
럼 느껴지기도 했다.

—커피 한 잔 더 마실 수 있을까요?

노부인이 피로감 묻어나는 목소리로 중개사에게 커피를 부
탁하고는 책상 위의 것들을 정리하기 시작했다. 물건을 챙겨
넣던 노부인은 곁에 다가선 아들과 눈이 마주치자 한동안 원
망스런 눈빛으로 그를 쏘아 보았다.

—에이, 어머니 명의로 된 집이잖아요.

아들이 눙치듯 말하며 웃었다.

집을 두고 모자간에 금전적 이해관계가 얽혀 있는 것 같았
다.

수민은 불편한 남의 집안 사정을 모른 척하려고 눈길을 돌
렸다. 아기의 반짝이는 눈망울과 다시 마주치자 어른들 세계

의 이 모든 복잡하고 불편한 일이 모두 그 아이의 앞날의 행복을 위한 일처럼 보였다. 맑고 천진한 눈망울은 세상과 집안의 모든 부조리를 빨아들이는 강력한 블랙홀 같았다. 하긴 노부인과 노신사, 그들 아들은 물론 수민 자신도 저런 아이 눈빛으로 세상에 나온 사람들 아닌가. 위안인지 회한인지가 교차하는 걸 느끼며 수민은 계약서를 챙겨 넣었다. 수민이 자리에서 일어나 캐리어 손잡이를 막 잡으려 할 때였다.

─에그머니나!

노부인의 탄성에 이어 자지러지는 아기의 울음이 터져 나왔다. 사무실을 어지럽게 오가던 꼬마와 부딪치는 바람에 노부인의 뜨거운 커피가 유모차의 아기한테 쏟아진 것이다. 한쪽에 앉아 신문을 보고 있던 노신사는 자리에서 벌떡 일어났다. 장남인 아들도 황급히 다가섰지만 그들 가운데 누구보다 빨랐던 사람은 직업의식이 몸에 밴 수민이었다. 재빨리 유모차 앞으로 다가선 수민은 아기부터 살폈다. 뜨거운 커피가 얼굴에서부터 목을 타고 온몸에 흘러내린 연약한 피부의 아기는 숨이 넘어갈 듯 울음을 토해냈다. 시뻘건 얼굴로 날카로운 울음을 쏟아놓는 아이는 조금 전까지의 천사 얼굴은 오간 데 없었다. 다들 놀라 어쩔 줄 몰라 하며 수민의 날렵하고도 침착한 손놀림을 지켜볼 뿐이었다. 누구보다 빠른 동작으로 수민은 정수기 물에서 냉수를 받아 아이에게 흘러내린 커피 자국을 닦아냈던 것이다.

—제일 가까운 화상병원부터 검색해보세요.

바삐 손을 움직이면서도 수민은 가족들이 해야 할 일을 하나씩 일렀다. 승무원 유니폼이 의사 가운이라도 되듯 다들 그녀의 지시에 선선히 따랐다. 응급처치가 끝나자 그들은 수민의 말에 따라 응급실을 찾아 서둘러 사무실을 나갔다.

—대단하시네요. 난 놀라서 어떻게 해야 할지 모르겠던데.

중개사 여자가 수민의 행동에 감탄했다.

승무원 역할이 기내의 식음료 서비스 정도인 줄 아는 이들의 자연스런 반응이라고 여기며 수민은 캐리어 손잡이를 다시 잡았다. 출입문을 나서기 직전, 입구 거울에 비친 자신의 모습을 수민은 보았다. 열두 시간 비행의 누적된 피로에도 거울 속 자신은 여전히 환한 미소의 승무원이었다. 당장이라도 이륙 비행기에 올라 서빙할 준비가 돼 있는……

*

'S아파트 8동 503호 세입자입니다.'

그렇게 첫 문구를 시작한 수민은 주인에게 보증보험 가입 여부를 묻는 용건의 메시지를 보냈다. 남편이 일깨운 숙제를 더 늦기 전에 하기 위해서였다.

─사실 그 아드님은 이 분야 전문가죠.

계약서 쓰던 날, 주인 일가족이 사라지고 난 다음 중개사 여자가 귀띔해준 말이었다. 수민은 그 말이 무슨 뜻인지 몰라 눈을 치켜떴다.

─이런 아파트를 모두 몇 채나 갖고 있는지 아세요?

중개사는 기밀 누설이라도 하듯 목소리를 깔았다.

수민은 고개를 갸웃해 보였지만 사실 그런 문제에는 관심도 없었다.

─50채요.

기밀이라도 털어놓듯 중개사 말했다. 수민은 그제야 세입자에 별 관심을 보이지 않던 그들의 태도와 아들과 노부인 사이에 오가던 냉랭한 기운을 이해할 수 있었다. 말로만 듣던 '갭 투자' 아파트로 보였다.

오전에 주인 남자에게 보낸 문자는 오후가 되어도 감감무소식이었다. 한나절 만에야 '죄송하오나'로 시작하는 답신이 왔다. 관리사무소에서 보낸 안내문 같은 답신은 '일요일이니 평일에 문의해달라'는 양해의 말과 함께 다음 날 연락을 주겠다는 얘기가 담겨 있었다. 그제야 수민은 그날이 휴일이라는 것, 50채 집의 소유자라면 이런 태도일 수밖에 없을 거라는 것, 내용으로 미루어 보증보험 가입이 아직 안 되었다는 것

등을 짐작할 수 있었다.

추측은 빗나가지 않았다. 다음 날 전화를 걸어온 남자는 보증보험 관련 사정을 수민에게 알려왔다. 그는 계약 날에는 느낄 수 없었던, 차분한 톤에 사무적인 어조였다. 그는 토지 등기가 되지 않은 건물이라 아직은 보증보험 가입이 불가능하다며 조금만 더 기다려달라고 했다. 집들이 단체로 건설사와 소송이 걸려 있어 토지 등기는 소유주 개인의 문제가 아닌 상황이라는 설명까지 따라붙었다.

전화를 끊으며 수민은 피식 웃었다. 문서상으로 보자면 땅 없이 건물만 있는, 공중의 누각 같은 집이었다. 직장도 집도 허공에 떠 있는 게 자신의 운명으로 보였다. 최고의 이동 수단인 비행기도 사고가 나면 대형 참사로 이어질 수밖에 없는 것도 허공에 있어서가 아닌가. 그 때문은 아니겠지만, 비행 경력 십수 년이 지나도록 수민은 아직도 기내 벙커 침대에서는 잠을 이루지 못했다. 열네댓 시간의 장거리 비행에는 승무원들도 교대로 기내에서 수면을 취하지만 수민은 그것만큼은 적응이 안 되었다. 시차 적응은 누구보다 잘했지만 고도 적응이 늘 문제였다. 동료들도 수민에게 공중직보다 지상직에 맞는 체질이라고 입을 모았다.

두두두 두두두 갑작스런 발소리에 수민은 잠이 달아났다.

위층에서 나는 소리였다. 이사 온 집에 아이가 있는 모양이었다. 그동안 장거리 비행이 잦아 집을 자주 비우는 바람에 수민은 새 이웃의 존재를 잊고 있었다. 자정이 가까운, 이런 늦은 시간에 아이가 깨어 있다니…… 계약서 쓰던 날의 주인집 아이들 생각이 났다. 어지럽게 사무실을 뛰어다니다 결국 끔찍한 사고를 일으킨 꼬마 녀석과 유모차 안에서 맑고 검은 눈동자를 또록또록 굴리던 아기…… 그 두 아이가 원심력과 구심력을 이루며 그 집의 중심을 이루고 있는, 안정과 활기가 적절하게 조화를 이룬 가정이었다. 할아버지는 소파에 앉아 신문을 보고 할머니는 그 옆에서 어린 아이들을 보살피고 엄마는 주방에서 점심 준비를 하고 아빠는 마당에서 화단을 가꾸는, 삼대가 모여 사는 집안의 휴일 일상이자 수민의 어릴 적 기억이기도 한 단란한 가정의 한 장면이 눈에 선히 그려졌다.

주인 남자는 50채 아파트 소유자답게 아기에게 응급처치를 해주었던 수민을 기억하지 못하는 것 같았다. 통화에서도 보증보험 관련 용건이 전부였다. 수민은 내심 안도하며 자신 역시 그때의 일을 언급하지 않았다. 기내에서도 문제가 생기면 승객들 반응은 으레 둘 중 하나였다. 감사를 표하거나 항의를 해오거나. 일의 과정은 생략된 채 오로지 결과에 따른 반응일 뿐이다. 평상시와는 달랐던 그날의 응급처치 방식을 수민은 떠올렸다. 마침 자신의 캐리어에는 스위스에서 공수해오던 구급상자가 있었다. 화상 흉터가 생기지 않도록 해주는 특효약도 있었지만 수민은 가방조차 열지 않았다. 아까워서는 아니었다. 오랜 승무원 생활로 비상시 행동 매뉴얼이 누구보다 몸에 잘 배어 있는 그녀였지만 그 순간만큼은 직접 나서지 않은 채 나머지를 병원 일로 남겨두었다. 의사 몫까지 하려 드는 건 맹목적 모성의 발로일 터였다. 자신에겐 의사 역도 모성애도 허락되지 않은, 그 상황에서 자신은 단순한 세입자에 불과했다.

애들이란 천사의 얼굴을 한 악마라니까. 초등 교사인 친구가 수민이 아이 얘기를 떠올릴 때면 곧잘 하는 말이었다. 그 악마를 사람 만드는 게 우리 일이잖아. 교사 커플인 그들 부부는 아이 없이 십 년째 흔들림 없이 살아가고 있었다. 요즘 말로 '욜로'족은 아니었다. 오히려 그 반대였다. 우리가 어떻게 세상에 악마를 하나 더 보태겠니. 교실에서 바글대는 악마들 변신시키는 일도 버거운데. 친구 내외는 대학 시절 '공부해서 남 주자'를 모토로 하는 동아리 회원으로 만나 그때의 이상과 꿈에 맞춘 삶을 실천해가고 있었다. 유니세프 이념과 물적 토대를 적절히 버무려 만들었다는 그 '맞춤형' 삶을 사는 그들 눈에는 수민이 낡은 가족관에 집착하고 있는 걸로 비칠 게 분명해 보였다. 처음엔 수민도 그들 방식에 냉소적인 시선이었으나 꿋꿋이 유지해가는 그들의 소신을 조금씩 인정하고 있었다. 언젠가는 그들 삶에 박수를 보내는 날이 올지도 모른다고 생각하니 존경 이면에 열패감도 스멀거렸다.

두두두두— 잠들 만하면 다시 위층 발소리가 수민을 깨웠다. 하는 수 없이 수민은 방을 옮겼다. 첫날의 청소기 소음은 어쩔 수 없는 일이라 여겼지만, 앞으로도 이런 일이 계속된다면 심각한 일이 아닐 수 없었다. 방을 옮겨도 계속 따라오는 소음 때문에 수민은 그날 밤을 꼬박 밝히고 일하러 나서야 했다.

발소리 사건 이후, 주의를 기울였더니 위층 사람들의 늦은 밤 소음은 상습적이었다. 얼마 뒤에는 세탁기 돌아가는 소리가 수민의 신경을 긁어댔다. 기계음과 물 내려가는 소리가 번갈아가며 들렸다. 수민은 더는 그 일을 미룰 수 없었다. 더 늦기 전에 새 입주민에게 이웃의 존재를 일깨워줄 필요가 있었다. 곧바로 경비실에 전화를 넣었다.

—이상하네, 그 집 전화번호는 없는데요.

—8동 603호가요?

경비원이 다른 동과 헷갈려하는 게 아닌가 싶어 수민은 되물었다.

—네 8동 603호. 빈집 같은데요.

경비원이 동호수를 또렷이 반복하며 말했다.

경비원도 자주 바뀌어 사정을 정확히 모르는 경우가 많았다. 수민은 통화를 끊고 관리 사무소로 전화를 걸었다. 그곳이 더 정확할 것 같았다. 하지만 관리 사무소는 여느 때처럼 전화를 받지 않았다. 입주한 세대가 적은 탓에 경비실도 관리 사무소도 최소한의 인원만 있었다. 전화를 하면 통화 중이거나 받지 않거나 둘 중 하나였다. 수민은 슬리퍼를 꿰어 신고 현관을 나섰다. 직접 확인하는 게 제일 빠르고 정확해 보였다. 바로 위층인 만큼 엘리베이터 대신 계단을 이용하기로 했다. 뻑뻑한 비상계단 문을 열면서 수민은 이사 온 지 반년이 넘도록 계단을 이용한 적이 한 번도 없었다는 사실을 깨달았다. 어둑하던 비상구 계단이 센서 등에 훤하게 드러났다. 곰팡내가 희미하게 풍겨나긴 했어도 신축답게 계단은 깨끗했다.

육층 비상문을 간신히 열고 복도로 발을 들여놓으려는 순간, 수민은 눈앞의 광경에 그대로 얼어붙었다. 603호 앞은 오래전 보았던 그대로였다. 사람 키만 한 종이박스 바리케이드…… 급히 뒤돌아서다 수민은 계단에서 발을 헛디뎠다. 몸이 휘청하며 중심을 잃고 계단을 굴렀다.

*

—비상계단을 구름다리로 착각한 거 아냐? 하늘이 도왔으니 망정이지……

응급실에서 입원실로 옮겨가고 난 다음 남편이 한마디 했다.

수민은 깁스한 다리를 올려다보았다. 남편의 말대로 구름에 다리를 걸치고 거꾸로 매달려 있는 모습이었다.

―허공에 계속 떠 있어야 할 팔잔가 봐.

수민은 자신의 직업을 빗대 말했다.

계단에서 굴러 층계참에 처박힌 몸은 반사적으로 감쌌던 얼굴 부위만 빼고는 온몸이 타박상 투성이었다. 거기다 오른쪽 무릎 연골 파열에 발목뼈 골절이 치명적이었다.

사무장은 선심 쓰듯 두 달 병가를 내주었다. 일 걱정은 말고 몸이나 잘 회복하라며 수민을 안심시켰지만 그런 위로와 휴가가 달가운 것도 아니었다. 이번 일이 행여 사직의 유도로 이어지면 어쩌나, 하는 우려에 침대 에어매트가 가시방석 같았다. 유행에 민감하고 '신상'을 유난히 좋아하는 사람들 소비 성향이 서비스업 분야라고 예외일 리 없었다. 경력이 쌓일수록 승무원은 '재고' 강박증에 시달리기 십상이다. 근속 연수가 늘수록 경력을 인정받는 게 아니라 그 반대가 돼가는 것이 자신의 직업적 특성임을 수민은 잘 알고 있었다. 그럴 때면 출산을 계기로 당당하게 가정으로 삶의 방향을 바꾸어 새로운 인생으로 접어드는 동료 승무원들이 그렇게 부러울 수 없었다.

출산에는 지장이 없을까요? 깁스 끝나고 난 다음 수민이 외과과장에게 했던 첫 질문에 의사는 잠시 어리둥절해하는 눈빛이었다. 혹시 임신 중이셨나요? 그제야 수민도 번지수 틀린 자신의 질문을 깨달았다. 나중에 산부인과 전문의께 정밀 진단 한번 부탁해보겠습니다. 외과과장은 의사다운 배려로 성의 있게 답하고 병실을 나갔다.

―근무에 비하면 간병 일이야 휴가나 다름없지 뭐.

남편은 일주일 만에 퇴원하는 아내를 태우고 집으로 향하면서 말했다. 간호를 위해 그는 일주일 연차까지 냈던 것이다. 분가 후 부부가 한집에 지내는 시간이 처음으로 긴, 휴가 아닌 휴가를 보내게 된 셈이었다.

―소음이 아래위층으로만 옮겨 다니는 게 아니라네. 관리소장 말로는 지난번에도 어느 집에서 항의가 들어와서 알아봤더니, 위층 사람이 범인이 아니었대.

남편이 관리사무소에서 가져온 정보에 수민은 눈을 치켜떴다.

―어떤 건물은 소리가 대각선 방향으로 가기도 한다더라고. 그리고 최근 한 달간 이 동에 이사 온 가구는 하나도 없었다는 거야. 아래위층이 빈집이니 어쨌든 소리는 다른 라인의 집이거나, 아니면……

―아니면?

―외부에서 온 소리가 아닐 수도 있다는 얘기지.

―외부에서 온 게 아니면……?

수민의 목소리에 날이 섰다.

―집에 있는 동안 한번 지켜보지 뭐. 약 먹을 시간이네.

남편은 즉답을 피하고 주방으로 갔다.

수민은 남편이 머무는 동안 자신의 말이 입증될 거라고 믿었다.

병원에서 썼던 임시 간병인에 비하면 남편의 간호는 수준급이었다. 식사나 약 챙기는 일의 정확성은 물론 재활을 위한 마사지도 전문가 못지않았다. 빈틈없는 일처리에 흐트러짐 없는 생활 방식이 보여주듯 남편 특유의 완벽주의는 예전 그대로였다. 변화라면 간호와 가사일 틈틈이 컴퓨터 앞에 앉아 회사 일까지 처리한다는 점이었다. 업무용 통화도 수시로 주고받았다. 이전에는 가정과 회사 일을 또렷이 구분 지으며, 집에서는 절대 일 관련 얘기를 꺼내지 않았다. 부서 이동에 승진 영향도 있긴 했다. 그렇더라도 삶의 원칙과 관련한 일에는 철저한 남자였건만…… 수민은 남편의 삶의 중심이 어느새 일로 완전히 옮겨가 있는 걸 보았다. 튼튼한 밧줄 하나가 손에서 빠져나간 느낌이었다. 아이 생각이 더 간절해졌다. 각자 내색은 않았지만 분가도 아이 문제가 결정적이었다. 그 문제에 지쳐 둘 다 새로운 돌파구가 절실한 시기였다. 남편의 지방 발령은 지친 부부 생활에 찾아온 더없는 선물이었다.

—약 먹으려면 일단 뭐 좀 먹어야겠지.

입맛 잃은 수민을 위해 남편은 그녀가 좋아하는 감자전을 만들어 내왔다.

그 일의 번거로움을 수민은 잘 알고 있었다.

—감자 싹은 제대로 도려냈어? 솔라닌이라는 독성 있잖아.

수민은 쟁반에 담긴 감자전을 이리저리 뒤적이며 예민하게 굴었다.

남편은 아내의 의심을 풀어주려는 듯 감자전을 하나 덥석 집어 먼저 먹어 보였다.

수민이 머쓱해하며 수저를 들었다.

—근데, 왜 유독 감자 싹에만 독이 있는 거지?

—강판에 감자 갈면서 내가 감자한테 물어봤지. 대체 독은 왜 품은 거냐고.

—그랬더니?

—자기는 감자가 아니라 사과인 줄 알았대.

남편의 철 지난 유머에 수민은 풋 하고 웃음을 터뜨렸다. 그 바람에 감자전 파편이 튀었고 남편은 재빨리 휴지를 뽑아 그것을 닦았다. 수민은 웃음을 참으려 했지만 그럴수록 더 웃음이 나와 계속 킥킥대며 웃다가 급기야 눈물까지 흘렸다.

—나, 미친년 같지?

그렇게 내뱉고 난 수민은 한동안 웃음과 울음을 번갈아 쏟아냈다.

급기야 먹었던 감자전을 다 게워내고 나자, 남편은 이번에는 아내의 토사물을 치우기 시작했다. 걸레를 몇 번이나 새로 빨아와 닦고 얼룩진 침대 시트를 걷어내 세탁기에 넣고 욕실과 침실과 주방을 분주하게 오가며 뒤처리를 했다. 그런 남편을 묵묵히 바라보며 수민은 연신 훌쩍거렸다. 말끔히 청소를 하고 난 남편이 수민을 달래러 나가서자 수민은 고개를 들어 남편을 쳐다보며, 나 진짜 미친년 같지 않아? 하고 물었다. 남편은 대답도 없이 묵묵히 로봇처럼 티슈를 빼내 수민에게 건넸고 수민은 아카시아 향이 코를 찌르는 티슈로 눈물을 닦고 코를 계속 풀었다. 모처럼 부부가 함께 보낸 일주일의 마지막 날은 그렇게 흘러갔다.

—이제 가봐야겠는걸.

수민이 잠든 걸 보고 떠나려 했던 남편은 결국 자정을 삼십 분 앞두고 근무지로 가기 위해 일어섰다. 남편의 만류에도 불구하고 수민은 그를 배웅하기 위해 목발을 짚고 기어이 주차장까지 뒤따랐다.

—어서 들어가. 일어나서 바로 약 챙겨 먹는 거 잊지 말고. 아침 일찍 새 도우미 올 거야.

남편의 마지막 말에 이어 자동차 시동이 걸렸다. 차창으로 남편의 손이 흔들리는가 싶더니 이내 유리창이 닫히고 자동차는 출발했다. 바퀴와 에폭시 바닥이 내는 마찰음이 찢어지듯 길게 이어졌다. 그 소리가 수민에겐 자지러지는 아이의 울음처럼 들렸다. 그때였다. 앞을 향해 달리던 남편의 차가 갑자기 후진했다. 아찔해하며 수민은 눈을 감았다. 계단에서 굴러떨어지던 순간이 스쳤다. 헛발질과 함께 층계참 구석에 처박힌 건 찰나였다. 정신을 차리고 눈을 떴을 때는 고요한 어둠 속이었다. 공벌레처럼 웅크린 몸에서 간신히 고개를 들고는 한쪽 팔을 더듬이처럼 들어 올려 허공에 휘휘 저었다. 계단의 센서 등에 불이 들어오면서 밝혀진 비상계단은 천국에서 지옥까지 아득하게 이어져 있었다. 밑으로는 아찔한 심연, 위로는 끝 모를 허공, 그 가운데 어디쯤에 수민은 내팽개쳐져 있었던 것이다.

브아앙— 갑작스런 클랙슨 소리에 수민은 번쩍 정신이 들었다. 돌아보니 파란색 미니 쿠퍼가 자신의 등 뒤에 있었다. 주차장 한복판에 길을 막고 서 있는 자신을 깨달은 수민은 천천히 목발을 움직여 길을 비켰다. 파란색 쿠퍼는 힙합 리듬을 쾅쾅 창밖으로 던져내며 주차장을 빠져나갔다.

당신 요즘 너무 예민해진 거 아냐. 남편이 집에 머문 일주일 내내 이상하게도 아무런 소리도 들려오지 않았다. 그 망할

놈의 소리는 다 어디로 사라져버린 거지? 감쪽같이 사라진 소음에 수민은 의심을 넘어 화가 치밀었다. 밤잠까지 앗아가던 그 출처 불명의 소음이 자신을 실없는 인간으로 만들어놓은 것이다. 당신마저 나를 믿지 못하겠다는 거야? 원망과 두려움 어린 눈으로 수민은 남편을 쳐다보았다. 그런 수민을 똑바로 쳐다보며 남편이 나직이 말했다. 당신, 상상임신이었던 적이 한두 번이야?

목발을 신발장에 다시 기대놓았다. 겨드랑이 밑에서 빠져나간 그것을 보며 수민은 꼭 남편 같다는 생각을 했다. 온몸을 의지하면서도 거기서 벗어나니 몸이 날아갈 듯 홀가분해지는…… 하지만 이제 그것 없이는 꼼짝도 할 수 없는 신세였다. 현관 중문을 꼭 잡은 채 수민은 한쪽 다리로 천천히 걸음을 옮겨놓았다. 일주일간 남편의 손길이 머문 집은 너무도 깔끔하고 단정해서 남의 집에 손님으로 들어서는 기분이었다. 수민은 주방으로 가서 냉장고 문을 열어보았다. 일주일치 반찬이 유리 밀폐 용기에 담겨 차곡차곡 정돈돼 있었다. 이 정도로 완벽한 남자라면 이중 생활도 감쪽같이 해낼 수 있을 테지. 수민은 가슴 저 깊은 곳에 감춰져 있던 의심이 스멀거리는 걸 느꼈다. 아니, 이 정도 경지면 그럴 자격도 있는 거 아닐까. 수민은 생각을 바꾸었다. 남편에 대한 그녀의 평가는 감탄에서 의심으로, 그 의심은 다시 체념으로, 체념은 결국 인정에 도달하는가 싶더니 다시 원점으로 돌아갔다. 아이만 있으면 어느 하나 부러울 것 없는 완벽한 가정이 될 터였다. 가정 가진 남녀의 어떤 부조리도 이기심도 다 상쇄시켜줄 든든한 뿌리이자 세상 모든 일의 최종 면죄부가 되어줄 맑은 눈의 아이만 하나 있으면……

그때였다. 어디선가 둔중한 파열음이 들렸다. 묵직한 유기체가 단단한 바닥에 곤두박질칠 때의 파괴적이고 참담한 소리 같은 것…… 소리의 출처를 파악하느라 온 신경을 집중했지만 그새 소리는 사라지고 적막감만 감돌았다. 위층도 아래층도 잠잠했다. 수민은 이 거대한 콘크리트 건물마저 자신을 따돌리고 있는 것 같았다. 서둘러 목발을 짚고 다시 밖으로 나섰다. 엘리베이터를 타고 일층으로 내려가 이번에는 아파트 마당으로 갔다.

마당 한가운데 서자 우뚝우뚝 높이 선 아파트 건물이 자신을 에워싸고 있었다. 불 켜진 집도 보였다. 입주 가구가 많지 않은 데다 자정이 넘은 시간이라 여기에 하나 저기에 하나 불빛이 아주 띄엄띄엄 보였다, 수민은 층을 헤아리며 자신의 집을 찾았다. 그러다 바로 위층 집에 시선이 머물렀다. 비어 있다는 그 집에서 불빛이 희미하게 흘러나오고 있는 게 아닌가. 거실 아닌 측면의 작은방이었다. 그새 위층이 이사를 왔나……? 미심쩍어하며 수민은 그 집 창에 눈을 고정시켰다. 건물 비상등처럼 어슴푸레하고 희미한 불빛이 분명 비쳤다. 혹시 누군가가 그 집에 몰래 숨어 살고 있는 건 아닐까. 그 집 현관 앞을 그득 메운 종이박스 바리케이드가 떠올랐다. 어두운 박스 속에 웅크리고 있던 누군가가 밤이면 거기서 나와 집 안을 헤집고 다닐 수도 있다. 그러다 날이 밝으면 재빨리 박스 속에 들어가 숨죽인 채 웅크리고 있을지도 모른다.

희붐한 빛이 떨리기까지 한다. 603호만이 아니다. 수민의 집 불빛도 희미하게 떨린다. 거대한 콘크리트 벽체에서 빠져나간 벽돌처럼 집과 집 사이에 숭숭 구멍이 나 있다. 603호도 703호, 304호도 구멍 난 틈새에 간신히 똬리 틀고 있는 집에 지나지 않았다. 절대 무너지지는 말자고 서로 기댄 채 안간힘 쓰며…… 수민은 짚고 있는 목발이 더는 흔들리지 않도록 팔과 한쪽 다리에 더 힘을 주었다.

세상의
모든
K

"너도 같이 갈래?"

수진의 말을 듣는 순간 나는 카라얀을 떠올렸다. 느닷없는 연상이었다. 한 번도 그를 본 적도 없고 그가 나를 알 리도 없는, 세계적 지휘자를 떠올리게 하는 그 이름의 주인공은 수진의 시동생이었다. 독일 유학 시절 만난 현지인과 결혼한 수진은 남편이 한국의 대학에 자리를 잡아 이곳에 정착하면서 남편의 고향은 주로 방학 때만 찾아 머물렀다. 시부모가 돌아가신 뒤로는 왕래가 뜸해지더니 코로나까지 겹쳐 이번 방문은 사 년 만이라고 했다. 그 길에 동행하지 않겠느냐는 제안이었다. 내 여건도 한몫했다. 코로나에 잔디 문제까지 겹쳐 골프장 개장이 한 달 더 미뤄진 것이다. 절호의 기회를 수진이 먼저 간파했다.

그동안 수진의 시댁에 있었던 일도 이번 방문을 재촉한 요인이었다. 막내 시동생이 삼 년 전 교통사고로 대수술을 하고 난 후 장애 판정까지 받은 상황이었다. 수진의 남편 뮐러는 사고 난 동생을 찾아 잠시나마 돌봄 봉사를 하고 그 문제를 가족들과 의논하기 위한 여행이기도 했다. 사고 난 동생이 카라얀도 아니었다.

카라얀이란 이름을 내가 처음 접한 건 오래전, 뮐러의 고향 집을 수진과 함께 다녀온 친구들 애기를 통해서였다. 여고 동창 네 명으로 이루어진 일명 '포걸' 멤버가 그들이었다. 우리 사이에서는 '걸 그룹의 원조'로 통하는 그 모임은 같은 동네, 같은 학원 그것도 어린 시절 피아노학원에서 시작해, 여고 시절 외국어 전문 학원까지 같이 다닌 특별한 인연으로 이루어졌다. 한동안은 카프카와 까뮈, 제인 오스틴 같은 세계적 문호의 소설을 읽는 독서클럽도 병행하며 모임의 격을 높이기도 했다. 문과 여학생 절반은 별 고민 없이 어문학과로 진학하던 시절이었다. 국문과와 영문과를 선두로 불어, 독일어, 스페인어, 혹은 일본어와 중국어 학과를 적성보다는 성적에 맞춰 대학과 학과를 정해 가던 시절⋯⋯

졸업 후 A와 B는 각각 다른 대학으로, 수진과 나는 같은 학교에 진학하면서 스무 살 시절은 우리 둘이 가장 가깝게 지냈다. 하지만 수진이 유학을 가면서 상황이 달라졌다. 아니 그 전에 이미 판이 바뀌어 있었다. 나 역시 유학 문제를 진지하게 고민하던 삼학년 겨울방학 때였다. 부도로 잠적했던 아빠가 한 달 만에 뇌졸중 환자로 나타나더니 불행은 쓰나미처럼 온 집안을 덮쳤다. 겨울방학이 끝나기도 전에 정원 딸린 집은 채권자에게 넘어가고 식구들은 커팅 칼에 잘려진 피자 조각처럼 원판을 벗어나 뿔뿔이 흩어져야 했다. 엄마는 아빠가 입원한 병원으로, 남동생은 군대로, 여동생은 외할머니 집으로…… 당장 생활비를 벌어야 했던 맏딸인 나는 기숙사 딸린 일을 택하느라 골프장 견습 도우미로 나섰다. 유학은커녕 졸업도 장담하기 어려운 형편에 처한 것이다.

포걸 멤버는 나만 빼고 비슷한 길을 갔다. 수진이 독일로 유학을 떠난 일 년 뒤 A가 스위스로 유학을 갔다. 국내파였던 B가 석사 논문 끝낸 기념으로 유럽 여행을 하면서 그곳에서 유학 중인 수진과 A를 만나 셋이 뮐러의 고향집까지 찾았고 그 여행은 수진이 결혼한 후에도 한두 차례 더 있었다. '알바생' 아니면 직장인으로 이삼십대를 오롯이 보내야 했던 나에게 그런 여행은 '그들만의 리그'였다. 포걸 멤버로서의 정체성도 희미했지만 나는 그들 속에 꿋꿋이 머물렀다. 셋의 여행이 화제에 오를 때면 나는 조용히 듣기만 하는 유령 멤버였다.

그건 골프장 도우미 일과 별반 다르지도 않았다. 그들 이야기 속 단골 등장인물이 수진의 시동생인 일명 '카라얀'이었다.

"정말 카라얀을 닮았다니까."

"난 카라얀과 빌리 밥 손튼을 합성하면 그런 얼굴이 될 거라고 봐."

"빌리 밥, 뭐……?"

"왜 있잖아. 코엔 형제가 만든 영화.「그 남자는 거기 없었다」에 나온 주연배우."

"아, 그 하얀 가운의 이발사 아저씨! 그러고 보니 카라얀의 지적 날카로움에 이발사의 일상적 고독이 묻어나는 것 같기도 하네."

낯선 배우 이름과 영화, 그리고 A와 B가 주워섬기는 세련된 단어의 조합에 나는 아무런 이미지도 떠올리지 못한 채 그저, 성격 좋아 보이는 수진의 남편 뮐러와 그의 동생 카라얀은 전혀 닮지 않았나 보다, 라고 생각했을 뿐이다. 뮐러는 체구도 얼굴도 한국으로 귀화한 미국인 의사 인요한과 비슷한 이미지였다.

카라얀 이야기는 그 뒤로도 빈번하게 오갔다.

"친구 시댁에서 쇼팽의 녹턴을 들을 줄이야. 난 전문가는 아니지만 그래도 카라얀의 연주는 유명 피아니스트랑 하나도 다르지 않더라고."

110

"맞아. 그 정도면 세계를 무대로 누벼야지 어떻게 교회 지휘자로 머물고 있지?"

A는 카라얀이 교회 소속 지휘자라는 사실을 납득하지 못한 채 수진에게 답을 구하듯 쳐다보았지만 수진은 어깨만 으쓱할 뿐이었다.

"나도 이해가 안 가. 카라얀이 교회 소속이라니."

죽이 잘 맞는 A와 B의 대화 속 카라얀은 비운의 천재 예술가였다.

"중세에는 궁정 악사보다 교회 악사 지위가 더 높았을걸."

내가 비운의 천재를 구하려는 듯, 별 근거도 없는 말을 불쑥 하고 나섰다.

드라이아이스 번져가듯 분위기가 갑자기 싸해졌다. 뜬금없는 중세적 얘기에다 유령 멤버인 내가 대화에 끼어들었다는 사실 자체가 낯설어서인지 다들 한동안 눈만 멀뚱거렸다. 카라얀과 일면식도 없는 데다 그때까지 나라 밖 구경도 한번 해보지 못한 나의 알량한 소견은 뜨악한 분위기에 금세 밀려났다.

"큰 무대에 설 만큼 실력도 인정받았다며. 근데 왜 연줄이 없었나? 그 나라도 성공하려면 우리처럼 결국 백그라운드야?"

A의 단골 레퍼토리가 수진을 향했다. 유럽 박사 학위로도 학교에 자리를 못 잡는 이유가 A에게는 너무도 분명했던 것

이다. 수진은 '글쎄'라며 이번에도 어깨만 으쓱해 보였다.

"정말 미스터리지? 빚어놓은 듯한 외모에 유머 감각, 예술적 재능까지 갖추고 어떻게 아직도 혼자래?"

어떤 날은 카라얀의 사생활에 초점이 맞춰졌다.

"성적 정체성이 남다른 거 아닐까?"

돌이켜보면 그런 얘기가 오갈 때만 해도 다들 앞날에 대한 꿈도 환상도 짱짱하던 삼십대였다. 가끔 나는 A와 B가 카라얀을 두고 내심 경쟁 관계는 아닐까, 의심한 적도 있었다. 하지만 아무리 그가 원조 카라얀급 외모와 실력을 갖췄다 해도 둘은 수진처럼 인종과 국경을 넘어선 연애를 할 깜냥은 못 된다는 게 내 생각이었다. 돈 많은 부모의 그늘 아래 자란 그들은 전형적인 '현실 순응형'이었다. 진로도 부모 뜻에 따랐을 뿐 스스로의 선택은 아니었다. 그건 나도 마찬가지였다. 달랐던 건 계속 부자인 부모와 하루아침에 길바닥으로 나앉게 된 부모, 그 차이였다. 어느 경우가 자식에게 더 도움이 되는지는 시간이 가면서 헷갈렸다. 유럽 유학이나 박사 학위 취득이 골프장 도우미로 나서는 것보다 나아 보인 시기도 한때였다. A와 B는 혼기 놓치고 그들 표현에 따르면 '덤핑 처리'식 결혼으로 박사 학위 가진 전업주부가 되었다. 그들이 원치 않는 가사 일에 허우적거릴 때 나는 회사에서 꽤 잘나갔다.

"캐슬, 그러니까 성에 초대받아 간 것 같았잖아. 쇼팽의 녹턴을 들으며 와인을 마시고 테라스에서 눈 덮인 알프스 산을 바라보고…… 친구 시댁에서 그런 판타지를 경험하다니."

"수진의 시댁은 '시-월드'가 아니라 '시-토피아'였지."

결혼 후 A와 B의 관심은 카라얀에서 수진의 '시댁'으로 옮겨가 있었다.

"혜수 넌, 이런 기분 이해 못할 거야. 결혼 생활이란 고농축 희로애락의 화학적 결합의 산물이라고나 할까."

A가 박사다운 장황한 비유로 전업주부의 고달픔을 토로했다.

"맞아. 경험이 받쳐주지 않는 건 절대 이해 불가의 세계라고."

B와 A 둘이 잡은 손은 단단한 성벽이 되어 그 세계에 얼씬도 못한 나를 자연스럽게 성 밖으로 밀어냈다. 그것이 그들의 눅눅한 현실을 위한 일종의 위안이라면 나는 포걸 유령 멤버로서 그 정도는 감수할 수 있었다. 거덜 난 집안의 '맏딸 가장'으로 남들 눈에 안쓰럽게 비쳐왔던 내가 어느 날 고학력 전업주부인 그들에게 갑자기 상대적으로 빛나 보이는 데 대한 부러움이거나 질투의 다른 표현일 수도 있을 거라고 치부하면 그만이었다.

"혜수만 그런가? 수진도 이해 못할걸. 수진은 'K며느리' 아니잖아."

그들은 이번에는 'K'로 결속해 수진마저 열외 취급했다. 수
진은 늘 그렇듯 엷은 미소가 다였다. 나와 달리 소외나 피해
의식 같은 건 원래 없는 친구였다. 철학 전공자답게 시선이
지구의 자전축만큼 살짝 기울어 있어 세상을 보는 눈이 남달
랐다. 그렇다고 비현실적이라 할 만큼 허황하지도 않은, 남들
과 결을 달리하면서도 이해와 공감 능력이 빼어났다. 포걸이
오래 유지된 데는 수진의 그런 자질에다 완충형 입지도 한몫
했다. 수진은 A와 B처럼 K며느리는 아니었으나 그들과는 결
혼과 고학력자라는 교집합이 있었고 나와는 부양 의무를 가
진 맏딸이라는 공통점이 있었다. 더 결정적인 건 우리 둘이
한때 가졌던 공범 의식 아니었을까.

난 우리 아빠가 빨리 죽어버렸으면 좋겠어. 서른두 살 생일
을 맞은 날, 내가 그런 말을 했을 때 수진은 놀라기는커녕 하
얀 생크림 케이크에 박힌 빨간 양초에 조심스럽게 불을 붙여
주고는 그 소원을 빌며 촛불을 끄라며 기꺼이 공범이 돼주었
다. 훗날 수진이 암환자인 엄마를 돌봐야 했을 때, 그녀도 나
와 같은 반응을 보였다. 상상살인! 그 짜릿한 순간적 해방감,
그 후의 긴 죄의식이 어쩌면 그 시간을 견디게 해준 힘이었는
지도 몰랐다.

수진만큼이나 걸 그룹을 유지시킨 일등공신은 카라얀이었
다. 이십 년 넘도록 그는 꾸준히 대화 속에 등장했다. 유령 멤

버인 나보다 그가 포걸에서는 더 존재감이 있었다. '너도 같이 갈래?' 수진한테서 그 말을 듣는 순간 반사적으로 그를 떠올린 건 극히 자연스런 일이었다. 그가 아니었더라면 수진의 제안을 내가 그렇게 선뜻 받아들일 수 있었을까.

"한 달 예정인데, 일주일만 뮐러 고향집에 머물고 나머지는 우리 둘이서 자유롭게 여행 다니면 돼. 뮐러는 집에서 동생을 돌봐야 하거든. 난 혼자 여행은 한 번도 해본 적이 없어서 너랑 같이하면 재미도 있고 편할 거 같아서."

여행 목적도 나와의 동행 이유도 분명했다. 수험생 학무모인 A와 B는 여행은 꿈도 꾸지 못할 처지였다. 연장된 나의 휴가도 더할 나위 없는 조건이었다. 그뿐인가. 그 나라 말부터 문화 예술 전반을 꿰고 있는 수진과 함께하는 건 최고의 여행 가이드와의 동행이었다. 가장 아닌 가장 역할로 삼십 년 가까이 식구들 생계를 책임져왔던 내게 해외여행은, 그것이 전 국민의 일상으로 자리 잡은 지금도 여전히 남의 이야기였다. 더 늦기 전에 첫 테이프라도 끊는 게 어때. 수진의 권유도 일찍부터 있어왔다.

영원히 헤어날 수 없을 것 같던 악몽도 끝은 있었다. 서비스업으로 시작한 나의 첫 사회생활은 조금씩 터널을 벗어났다. 회사의 배려로 대학 졸업장을 손에 쥘 수 있었고 서른 초반에 클럽하우스 매니저 자리에 올랐다. 당시에는 골프장의 황금알 요직이라 할 수 있는 부킹 담당을 거쳐 본사 간부직까지 오르면서 나의 이력은 사내에서 성공 스토리로 꼽힐 정도였다. 업무상 유럽 출장 기회도 적지 않았지만 그것만큼은 끝까지 사양했다. 고소공포증을 핑계 삼았지만 그것이 결정적 이유는 아니었다.

같이 떠나자. K는 자신만만한 눈빛이었다. 그가 수집한 정보에 따르면 독일어와 불어, 둘 다 쓰는 지역이라 각자 자기 공부를 할 수 있다고 했다. 두 나라의 경계 지역인 슈트라스부르크라는 도시가 그곳이었다. K는 바이마르 헌법을 공부할 계획이었고 불문학 전공인 나는 번역가가 되는 게 꿈이었다. 인접한 꿈의 영역이 우리를 결속시켰는지 마음의 결속이 그런 꿈을 낳았는지, 순서는 분명치 않아도 앞날을 약속할 만큼 공유하는 세계가 확고했다. 오빠가 먼저 가서 자리부터 잡아. 나도 일단 졸업은 해야지. 내 생각을 존중해주어 K가 먼저 그곳으로 떠났다. 기회도 흐르는 물 같은 것이란 걸 그때는 몰랐다. 그의 제안에 선뜻 따라나섰더라면, 아빠 회사의 부도가 반년만 늦었더라면, 나는 내 길을 갈 수 있지 않았을까. 오랜 꿈도 K와의 약속도 유예된 시간 앞에서 구름처럼 흩어져갔다.

"시어머니마저 떠나셨으니 지금은 네 형제만 남았어."

출발 전 수진은 내게 그곳 가족들 상황을 설명해주었다. 수진보다 열두 살 연상인 띠동갑 남편 뮐러가 장남, 그 아래로 세 명의 남동생이 있었다. 뮐러와 바로 아래 동생 막스만 결혼했고 나머지 두 동생은 독신이라고 했다. 셋째가 우리 사이에서 '카라얀'으로 불리던, 수진과 동갑인 시동생이고 사고당한 막냇동생이 요한이었다. 뮐러와 수진 사이에는 아이가 없고 막스는 대학생 아들을 둔 이혼남이었으니 시댁 가족을 통틀어 여자라곤 수진이 유일했다. 그동안 막내인 요한을 돌봤던 이는 막스 부자와 카라얀, 세 남자였다. 그들은 잠시나마 자신들을 돌봄 의무에서 해방시켜줄 맏형 뮐러가 한국에서 오기를 손꼽아 기다리고 있다고 했다.

*

"카라얀이 자동차로 마중 나와 있을 거야."

프라이부르크 중앙역에 내리기 직전 수진이 내게 귀띔해주었다. 열차에서 내려 승강장을 걸어가는 내내 카운트다운이라도 하듯 긴장되었다. 이십 년 넘도록 포걸 대화에 등장했던 인물을, 난생처음 나선 이국땅에서 드디어 보게 되는 것이다. 수진의 제안을 받아들인 순간부터 이 여행의 목적이 내겐 그를 만나기 위한 것처럼 돼버렸다. '팬심'도 아니고 이십 년 동안 이야기 속에만 머물던 사람의 실체를 접한다는 호기심도 아니고, 그렇다고 오십 줄에 접어든 나이에 친구의 동갑내기 시동생, 그것도 외국인인 그를 이성으로 여기는 건 더더욱 아니었다. 낯선 고객들에게 맞춤형 서비스를 하는 일을 평생 직업으로 살아온 나였건만 이상하게도 마음을 졸이는 이유의 실체를 나도 알 수 없었다. 철로를 따라 이어지는 사람들 물결 속에서 저 멀리 누군가가 우리를 향해 손을 흔드는 게 보였다. 그에 답하듯 수진과 뮐러도 힘껏 손을 흔들며 그곳을 향해 빠른 걸음으로 다가갔다. 나는 일정한 거리를 둔 채 천천히 수진 부부 뒤를 따랐다. 거리가 좁혀질수록 상대의 모습도 조금씩 선명해지더니 수진과 뮐러가 가방을 놓고 성큼 다가서는 순간 그의 모습이 또렷이 잡혔다. 수진 부부와 차례로 포옹하는 그는 그동안 숱하게 들어왔던, 그리고 이십 년 전 사진으로 딱 한 번 보았던 카라얀 이미지는 아니었다. 키 크고 통통한 체구의 백인 남자는 무엇보다 너무 젊었다. 그와 먼저 인사를 나눈 수진 부부가 내게 다가와 그를 소개했다.

"조카 하인즈. 이 집안의 유일한 후손인 막스 아들이야."

수진이 그를 내게 소개했다. 카라얀은 급한 사정이 있어 대신 조카가 마중 나왔던 것이다.

나는 반갑게 그와 인사를 나누었지만 내심 맥이 빠지는 건 어쩔 수 없었다. 살집 많은 체구에 곱슬 금발과 선량해 보이는 인상의 젊은 조카는 수진의 남편 뮐러와 닮아 있었다. 대학 졸업 후 취업 준비생이라는 수진의 사전 설명은 그새 과거가 돼 있었다.

"최종 합격했어요. 10월에 떠나요. 미국 지사로 발령이 났거든요."

자동차에 오르자 조카는 취업 관련 희소식부터 전했고 수진 부부의 축하 인사가 연신 따랐다. 여고 시절 두 학기 배운 내 독일어 실력으로는 그들 대화를 대충 감만 잡는 정도였고 수진이 그때그때 우리말로 핵심만 추려 전해주었다.

"아빠는 계획대로 내일 알프스로 떠날 거라 등반 준비로 정신없어요. 여행에서 돌아온 다음 막냇삼촌 문제와 관련해 가족회의가 있을 거구요."

조카의 미국행이 축하로 끝날 문제가 아니라는 건 다들 잘 알고 있었다. 수진 부부의 도착에 맞춰 그들은 돌봄 문제와 관련해 몇 가지 계획을 세워놓은 것 같았다. 역에서 이십여 분 거리인 고향집에 당도하기까지 그간 집안 사정과 환자 돌보기에 관한 세세한 얘기가 일사천리로 오갔다.

"막냇삼촌은 케어 프로그램 다 끝나면 다섯시 반쯤 셔틀버스로 집에 와요. 아빠도 그 시간에 맞춰 오실 거고요. 저는 취업 관련 서류 때문에 지금 바로 프랑크푸르트로 가야 해서요."

여행가방을 집 마당에 내려준 조카는 거기까지가 자신의 역할인 모양이었다.

"참, 캐런은 언제 와?"

뮐러는 서둘러 운전석으로 향하는 조카를 돌려세웠다.

"한집에 살아도 캐런 얼굴 보기 힘들어요. 요새는 문자로 용건만 주고받아요. 오늘도 급한 일이라고만 했지 사전 설명도 없이 저한테 역으로 마중 나가라고 한 거였어요. 저하고도 얼마 전…… 다퉜거든요."

조카는 머뭇거리다 마지막 말을 덧붙였다.

"친구처럼 지내던 너희가 다퉈?"

뮐러가 놀라 되물었다.

"삼촌도 요한 돌보면서 이곳 생활 해보시면 알게 될 거예요."

조카는 의미심장한 미소와 함께 대꾸했다.

"멀리 간 건 아니겠지, 캐런?"

"캐런은 아빠처럼 여행 좋아하는 성격도 아니잖아요. 급한 일 끝나면 수진 숙모한테 연락할 거예요. 캐런은 수진 좋아하니까."

그제야 나는 대화 속 캐런이 카라얀임을 알았다.

조카가 떠나자 마당에는 손님격인 우리 셋만 여행가방과 함께 남았다.

"시댁 와서 이런 쿨한 분위기는 처음이네."

수진은 의외로 홀가분해했다. 고향집에 올 때마다 친인척들로 시끌벅적 요란했던 집안 분위기가 실은 부담스러웠다고 했다. 하지만 뮐러는 고향집에 온 기분이 영 안 난다며 서운해했다.

어느 집에나 있을 불편한 가정사 따윈 뒤로한 채 나는 친구들 애기에 숱하게 나왔던 뮐러의 고향집을 올려다보았다. 엷은 오렌지색 박공지붕에 하얀 벽으로 된 삼층 건물은 뮐러의 할아버지 시절, 그러니까 백삼십 년 전에 지어진 집이라고 했다. 일층부터 삼층 다락방까지 크고 작은 창문들에는 유럽풍 나무 덧창이 달려 있었다. A와 B의 대화에 나오던 '캐슬' 분위기는 아니었지만 넓은 정원과 마당 딸린 저택은 나름의 격과 정취가 배어 있었다.

현관문 앞에 먼저 올라선 뮐러는 조카가 알려준 대로 건물 창턱을 더듬어 열쇠를 찾아냈다. 크고 단단해 보이는 청동 열쇠를 열쇠구멍에 꽂고 이리저리 돌리며 한참 씨름을 하고 나서야 겨우 문이 열렸다.

"이놈의 나라는 왜 이리도 변칠 않는지, 원."

뮐러가 짜증을 내며 현관문을 밀쳤다. 터치 몇 번에 간단히 열리는 우리식 디지털 도어록에 그도 익숙해진 모양이었다.

"한국 할아버지 다 됐어."

수진이 나를 돌아보고 웃으며 한마디 했다.

그러고 보니 뮐러도 이제 정년퇴직이 코앞인 나이였다.

실내는 어두웠다. 삐걱거리는 마룻바닥을 밟으며 조심조심

걸음을 옮겨놓았다. 좁고 어둑한 복도를 지나 거실로 들어서자 의외의 광경이 우리를 맞았다. 거실 창으로 눈부신 정원이 펼쳐졌던 것이다. 정원 감상을 위해 실내는 일부러 극장 객석처럼 어둑하게 해놓은 것 같았다. 생동감 넘치는 초록 세상은 자세히 들여다보니 무성한 잡초에 나무도 화초도 어지러이 뒤엉켜 있었다.

"정원이 아니라 정글이네."

수진이 한마디 했다.

"우리 정원, 원래 이렇지 않았어요. 요한이 사고만 안 당했어도 이렇게까지 엉망이지는 않았을 텐데. 어머니도 요한도 정원 가꾸는 일이 취미였거든요."

뮐러가 설명을 덧붙였다. 그는 잘 다듬어진 정원을 손님에게 자랑하고 싶었겠지만 나는 이 방치된 정원이 마음에 들었다. 카펫처럼 부드러운 잔디로 덮인 그린이나 페어웨이 같은 인공미 넘치는 골프장 조경은 내겐 공장의 컨베이어벨트나 다름없었다. 이 집에 오면 으레 그래야 한다는 듯 우리는 어둑한 거실에 서서 한동안 묵묵히 정원을 감상했다. 수진의 휴대폰이 울리기 전까지……

"아, 캐런!"

수진이 반갑게 전화를 받았다. 우리 사이에 늘 카라얀으로 존재했던 그가, 수진에 의해 '캐런'으로 바뀌어 불리자 그렇게 낯설 수 없었다. 오랜 울타리가 흔들리는 느낌이랄까……

"캐런, 지금 슈트라스부르크에 있대요. 잘하면 오늘밤 늦게, 아니면 내일이나 올 수 있을 것 같다네."

수진이 뮐러에게 통화 내용을 알렸다.

슈트라스부르크…… 전설의 아틀란티스가 수면 위로 불쑥 솟아올라 내 앞에 버티고 선 느낌이었다. 뮐러의 고향인 이 프라이부르크는 남쪽으로는 스위스, 서쪽으로는 프랑스와 맞닿아 있어 동네 마실 나서듯 자전거로 두 나라 국경을 쉽게 넘나들 수 있는 곳이었다. 슈트라스부르크도 이웃 동네인 만큼 충분히 있을 법한 일이지만 그래도 우연의 일치로는 공교롭기 그지없었다. 생존에 최적화된 내 기억의 뇌세포가 세계지도에서 까맣게 지워버린 그곳, 하필이면 슈트라스부르크라니……

*

"여기 삼층은 우리 집인 셈이야. 시어머니가 각 층을 자식들에게 유산 분배하듯 나눠주셨거든."

삼층에 오르자 수진이 말했다. 일층은 수진의 시어머니가 막내아들 요한과 함께 썼고 이층은 제일 먼저 결혼한 막스 부부, 삼층은 뮐러와 수진 부부 몫으로 정해준 것이라고 했다. 층마다 현관문이 따로 나 있는 독립된 구조인 것도 그제야 이해가 되었다.

"아들이 모두 네 명이잖아."

나는 카라얀이 빠진 걸 에둘러 지적했다.

"아, 그에겐 베를린에 있는 아파트를 주셨지. 활동 무대가 베를린이니까. 이 나라 어머니도 열 손가락 중 유난히 아픈 손가락이 있나봐. 셋째 아들은 늘 특별 대우였어."

그 특별 대우의 후광을 내가 누리기라도 하듯 마음이 편해졌다.

"그나저나 피아노가 어떻게 층마다 하나씩 다 있지?"

고개를 갸웃하며 내가 물었다. 각 층 거실에 피아노가 한 대씩 있는 데다 일층 현관 쪽 작은방 피아노까지 하면 모두 네 대였다. 아무리 음악의 본고장이라 해도 일반 가정에 명품 피아노가 네 대인 건 놀랍다기보다는 의아했다.

"우리 시어머니의 각별한 음악 사랑, 아니 자식 사랑의 결과라고 봐야지."

수진은 캐런을 피아니스트로 만들기 위해 애쓴 시어머니 이야기를 들려주었다. 네 살 때부터 피아노에 소질을 보인 아들에게 카라얀이란 별명을 붙인 이도 시어머니였다는 것, 다른 아들이 캐런 피아노에 손을 못 대게 하려고 피아노를 한 대씩 다 사주었다는 것하며 명품 피아노 살 돈을 마련하느라 조상 대대로 내려온 넓은 포도밭을 다 팔아야 했다는, K학부모 교육열 무색케 할 얘기까지 나왔다.

다락방으로 이어지는 계단 앞에 놓인 그랜드 피아노가 캐런 전용이었다. STEINWAY. 브랜드명이 명문가의 문장처럼 황금빛을 발하며 피아노 정중앙에 자리하고 있었다. 우아하면서도 기품 있는 외양이 명품다웠다. 포걸 멤버들 이야기 속 파티 장면을 떠올리며 나는 앞으로 천천히 다가갔다. 후면부가 긴 디자인의 대형 피아노는 위에서 내려다보면 연주자 머리가 하나의 점으로 보일 것 같았다. 검게 빛나는 우아한 곡선의 외양이 무색하도록 피아노 표면에는 먼지가 보얗게 앉아 있었다. 테라스를 거쳐온 햇살이 피아노 한쪽 실루엣을 바닥에 그려놓았다. 연주를 앞두고 긴장한 피아니스트처럼 나는 그 선을 조심스레 넘나들며 거실을 둘러보았다.

"여기서 와인 파티를 하며 카라얀이 쇼팽을 연주했다는 거지?"

오래전 친구들 이야기를 나는 현실로 옮겨놓았다.

"아니. 캐런은 사람들하고 어울리면서 피아노 치는 그런 성격 아냐."

수진이 고개를 가로저었다.

단단한 벽에 부딪친 느낌이었다. 기억 속 이야기들이 뒤죽박죽 혼란스러웠다. 카라얀의 연주 실력에 관한 이야기를 나는 친구들이 그의 연주를 직접 들었다고 해석했던 것일까. 항의하듯 내 생각을 수진에게 따져 물어보고 싶었으나 이내 그만두었다. 내 생각의 오류를 지적하듯 거실 한편을 차지한 낡은 오디오가 눈에 잡혔다. 앰프에서 턴테이블까지 완벽한 시스템의 구식 오디오…… 어쩌면 그들은 저 오디오 음향 시스템으로 녹턴을 감상했을 수도 있었다. 가까이 다가가 살펴보니 언제 마지막 손길이 닿았을까 싶도록 그곳 역시 먼지가 보얗게 앉아 있었다. 빛을 발하던 추억의 공간이 재고 창고처럼 보이기 시작했다.

"이제 그만 내려갈까?"

수진의 말에 나는 선선히 그녀 뒤를 따랐다. 계단을 내려서는데 뒤에서 희미한 피아노 선율이 따라붙는 느낌이었다. 흘끗 돌아보니 피아노 앞에 누군가가 앉아 있었다. 놀라 발을 헛디딜 뻔했다. 난간을 붙잡으며 간신히 중심을 잡은 다음 다시 찬찬히 거실을 올려다보았다. 피아노 바디의 측면과 후면의 이중 곡선이 테라스에서 흘러든 햇살과 어우러져 부드럽게 물결치고 있었다. 그 이중의 곡선이 날개, 아니 연주하는 피아니스트의 어깨를, 건반 위를 날렵하게 날아다니는 손가락을 연상시켰다. 테라스 창에는 마침 정원의 나무들이 바람에 격하게 흔들리고 있었다. 쇼팽의 연습곡 '겨울바람' 한 대목을 풍경으로 펼치면 꼭 저런 모습일 것 같았다. 홀린 듯 그 풍경을 바라보던 나는 한참 만에 뒷걸음질로 천천히 계단을 내려왔다.

"혜수 넌, 이 방을 쓰는 게 낫지 않겠어?"

일층으로 내려오자 수진은 내게 현관 쪽 방을 권했다. 환자가 기거하는 층인 데다 현관에 가깝다는 사실이 마음에 걸렸지만 막스 부자가 쓰는 이층이나 수진 부부 거주용 삼층에 비하면 그나마 일층이 독립된 공간으로 보였다.

"캐런도 낮엔 다락방에 머물다가, 밤엔 여길 침실로 썼대."

그 한마디에 망설임은 말끔히 사라졌다. 방을 다시 찬찬히 둘러보았다. 새소리와 오후의 햇살이 나란히 여닫이창으로 흘러들었다. 로라 애슐리풍 벽지에 장롱과 책장, 침대는 앤티크 분위기 물씬 나는 묵직한 갈색 톤이었다. 창 아래쪽에 자리한 피아노 위에는 유명 음악가들 사진이 놓여 있었다. 내가 알아볼 수 있는 사람은 글렌 굴드와 호로비츠, 쇼팽 정도였다. 아무리 훑어봐도 캐런으로 여겨질 만한 사진은 없었다.

"쇼팽도 글렌 굴드처럼 무대 공포증이 있었대."

수진이 낯선 사실을 알려주었다. 철학 전공이었던 수진은 이곳에서 음악사로 바꾸어 박사 학위를 받은 클래식 전문가였다. 하이데거와 음악이 무슨 연관성이 있는지 몰라도 음악으로 넘어가기 전까지 수진은 오랫동안 하이데거에 빠져 있었던 기억이 났다. 한 번도 내가 그 일에 대해 물었던 적이 없었다는 사실도……

*

식탁은 4인용, 아니 6인용이었다. 정사각형 식탁 양쪽의 날개처럼 접혀진 부분을 펼치니 바로 6인용으로 변했다. 식탁에 자리한 인원은 모두 다섯 명, 한국에서 온 우리 셋과 뮐러의 바로 아래 동생인 막스와 환자인 막냇동생 요한이었다. 조카의 귀띔대로 요한을 태운 케어 프로그램 센터의 셔틀버스가 다섯시 삼십분에 정확히 도착했고 막스는 요한보다 십 분 일찍 귀가했다.

그들이 오기 전, 우리는 빈집의 주인이 되어 저녁 준비를 서둘렀다. 여독을 풀 시간도 없이 도착과 함께 뮐러의 임무가 시작된 것이다. 환자에게 몇 년간 묶여 있었던 다른 가족들에겐, 그동안 돌봄 의무에서 면제돼 있었던 장거리 여행객의 앞뒤 사정을 헤아려줄 이유도 여유도 없어 보였다.

저녁 준비는 생각보다 간단했다. 독일식 저녁이 그런 것인지 이 집 식구들 저녁 식단이 원래 그런 것인지, 손이 가는 요리는 샐러드가 유일했다. 요리를 좋아하는 뮐러가 샐러드를 만들고 수진은 커피와 차를 내렸고 나는 식탁 세팅을 맡았다.

"5인용이면 돼. 캐런은 어차피 식사시간에 못 올 테니……"

"자동차 사고로 못 온다던 골프 멤버가 그린에 바로 나타난 경우도 있었어."

나는 수진의 조언을 무시하고 6인용으로 세팅했다.

식탁에는 수진과 내가 나란히 앉고 건너편에 뮐러의 두 동생 막스와 요한이 자리 잡았다. 앞치마를 두른 뮐러는 싱크대 가까운 자리에 앉았다. 뮐러 건너편 카라얀 자리는 세팅만 된 채였다.

삼 년 전 교통사고를 당한 요한은 대수술을 받고 난 뒤 꾸준한 재활 프로그램을 거쳐 혼자 거동할 수 있는 단계까지 왔으나 손놀림이나 말은 어눌했으며 가끔 사리판단에 착오가 있다고 지금껏 그를 가장 많이 돌봐온 막스가 설명해주었다. 오십 줄에 막 접어든 요한은 귀 주변머리가 희끗희끗했고 이마에서 왼쪽 귀에 이르는 부위에 수술 흔적으로 보이는 절개선 흉터가 또렷이 남아 있었다. 빵에 버터를 바르거나 샐러드를 덜어 접시에 담는 것 정도는 손수 해결했지만 손놀림이 서툴러 그의 식탁 앞자리는 이내 야채나 빵 부스러기로 지저분해졌다.

막스는 서양인치고 키는 작았으나 등산이 취미인 만큼 건강한 혈색에 다부진 체격이었다. 뮐러와 전혀 닮지 않은 그는 다음 날 알프스를 오르게 될 거라는 기대에 들떠 식사 내내 등반 이야기였다. 젊은 시절 대기업 엔지니어로 일했다는 그는 설산의 매력에 빠져 히말라야 등반도 세 차례나 했다는 것. 마지막 히말라야 등반에서는 동료의 조난 사고로 한 달이

나 늦게 돌아오는 바람에 결국 회사와 가정 둘 다로부터 퇴출당했다고 했다.

"욕심이 과했어. 산과 결혼했으면 속세의 인연은 만들지 말아야 했는데 말야. 캐런처럼 피아노를 택했으면 평생 음악을 마누라 치마폭으로 여기고 살아야 하는 것처럼."

카라얀 얘기만큼은 내게도 또렷이 들렸다.

"그래서 캐런이 피아노와 함께 행복하긴 했나?"

뮐러가 큰형답게 책임감 있는 목소리로 되쏘았다.

"어머니 욕심이 지나쳤지. 어릴 적 우리는 다들 캐런을 위해 존재하는 자식들이었잖아. 못 말리는 왕자병 그거, 우리야 피붙이니 감수했던 거지. 예술가가 자기 재능을 특권으로 알면 예술은 막 내린 거 아냐."

막스가 시니컬하게 되쏘았다.

왕자병, 특권…… 카라얀에 얽힌 기억이 그들 형제에겐 피해의식인지 몰라도 내겐 위안으로 다가왔다.

"그게 문제의 전부는 아니었지. 온실에 너무 가둬놓았어. 피아니스트가 무대공포가 있으면 어떡하냐고."

카라얀의 성장 과정에 얽힌 이야기가 하나씩 흘러나왔다. 무대공포증은 처음 듣는 이야기였다. 포걸 모임에서도 한 번도 나온 적이 없었다. 수진이 쇼팽의 무대공포증을 언급하기 전까지……

식사 시간 내내 나의 눈길은 카라얀의 빈자리에 머물렀다. 가지런히 놓인 은빛 포크와 나이프가 날카롭게 빛을 발할 때마다 그의 그림자가 어른거렸다, 쫑긋 세운 귀를 연상시키는 냅킨 모서리는 그가 사람들 애기를 엿듣기라도 하는 것처럼 보였다. 넌더리 나는 우리 집 애기 말고 손님 당신 애기나 한 번 해보시지. 그가 나를 부추긴다. 가족에 얽힌 얼룩진 사연이야 어느 집인들 없을까. 하지만 결코 털어놓고 싶지 않은, 털어놓아서는 안 되는 비밀도 그중엔 있다. 모든 걸 이루고 돌아온 K를 끝내 만나지 않았고, 삼십 년 가까이 골프장을 누비면서도 골프를 배우지 못했고, 숱한 해외 출장 기회에도 비행기에 오를 수 없었던 이유……

그래? 가해자가 어떤 사람인데? 딸의 사고 소식을 전해들은 아빠는 처음엔 벼랑으로 떨어진 표정이더니 이내 구원의 밧줄을 부여잡은 듯 기대에 찬 눈빛이었다고 엄마는 아빠의 심리 변화까지 전했다. 대한민국 상위 일 퍼센트의 사람들만 즐길 수 있는 레저가 골프이던 시절, 아빠도 한때는 그 부류에 속했으니 그 세계를 누구보다 잘 알고 있었을 것이다. 그 시절, 그 세계에서 캐디란 직업이 어떤 것인지도……

딱! 타격 소리와 함께 푸른 허공을 향하던 하얀 공, 그럴 때마다 내 눈길은 으레 공을 좇아 푸른 하늘을 향하게 마련이었다. 희고 단단한 그 작은 공이 푸른 하늘이 아니라 하늘을 탐

하는 내 눈을 강타할 줄이야. 경쾌한 금속성 소리와 함께 이내 나의 왼쪽 눈에 번쩍 번개가 내리꽂히면서 내 몸이 둥실 하늘로 날아오르는 느낌이었다. 구름에 오른 줄 알았더니 현실은 구름보다 더 하얀 침대 시트 위였다. 너무 걱정 마. 겉으로는 아무 문제없대. 합의만 잘하면 잃은 것 이상의 보상이 따를 거야. 가해자는 물론 회사에서도 파격적인 대우를 생각하고 있으니…… 수술 후 회복실에서 매니저는 위로와 회유를 적절히 섞어 말했다. '실명'이라는 충격적 사실 앞에 나는 한동안 아무런 생각도 판단도 할 수 없었다. 구름처럼 하늘 저편으로 사라지고 싶었다.

눈이 좌우 두 개라 그나마 얼마나 다행이냐. 긴 시간 병마와 빚에 쪼들려온 아빠는 딸의 사고마저 기회로 여기는 몰염치를 감출 줄도 몰랐다. 아빠의 셈법에 대한 서운함은 오래가지 않았다. 생존을 위한 내 계산기도 이내 정상 작동하기 시작했다. 실명이긴 해도 겉으로는 멀쩡해 보이는 한쪽 눈으로 집안의 빚을 갚을 수 있는 데다 직장에서 앞날까지 보장받는다면 밑지는 일도 아니었다. 회사와 가해자가 내민 당근은 나뿐 아니라 온 가족의 허기를 채워주고도 남았다. 차츰 나는 한쪽 눈으로 세상을 보는 데 익숙해져갔다. 하지만 뇌리에 새겨진 '장애'의 기억은 끝내 지우지 못했다.

"그나저나 캐런이 조카 사랑만큼은 유별났는데, 둘이 왜 다

툰 거야?"

뮐러가 마중 나왔던 조카의 말이 생각난 듯 막스에게 물었
다.

"난 캐런이 아들 가진 나를 질투하는 줄 알았는데, 내 아들
의 젊음을 질투하는 것 같아. 여튼 이 집안에서 아무 문제없
는 사람은 요한밖에 없어. 멀쩡한 인간들이 티격태격 말이 많
지 정신줄 살짝 놓으면 이렇게 평화로운걸."

막스는 동생 요한의 희끗한 머리를 어린애처럼 쓰다듬으며
말했다.

이야기가 다시 알프스로 옮겨가자 식탁 위로 청정한 산바
람이 불어왔다. 대화가 이어지는 동안 나와 요한은 먹는 데
열중했다. 크림치즈를 먼저 바른 식빵에 블루베리 잼을 얹어
식빵을 반으로 접었을 때였다. 불쑥 요한의 손이 내 빵을 낚
아챘다. 나는 순간적으로 손을 꽉 움켜쥐었지만 이미 빵은 그
의 손에 옮겨 가 있었다. 다른 사람들은 대화에 빠져 눈치를
못 챘지만 요한의 강탈 흔적은 내 손에 또렷이 남았다. 환자
치고 요한의 악력은 셌고 동작도 빨랐다. 바구니에 빵이 그득
했음에도 내 손에 남은 상실감은 꽤 오래갔다.

"난, 내일 새벽 일찍 출발해야 하거든."

식사가 끝나자 막스는 바로 자리를 떴다.

뮐러는 환자에게 식후 복용 약을 챙겨 먹인 다음 욕실로 데

려갔고 수진과 나는 식탁을 정리했다. 깨끗해진 식탁 위에 여행 책자와 노트를 펼쳐놓더니 수진은 여행 계획을 다시 체크했다. 미리 짜놓은 동선에 설명을 덧붙이면서 수진이 내 의견을 물어오면 나는 선선히 고개를 끄덕였다. 수진의 결정에 따르는 게 당연하고 순리이기도 했지만 한편으로 내 관심은 이미 이 나라 여행에 있지 않았다.

"캐런은 내일 올 건가 보네."

수진이 벽시계를 올려다보며 하품을 했다. 요란한 디자인의 스위스풍 벽시계 바늘이 자정이 가까웠음을 알려주었다. 불쑥 고개를 내밀고 외치는 뻐꾸기 소리에 놀라기 전에 나는 서둘러 일어났다.

*

"이 집에서는 요한이 제일 규칙적 생활이에요."

일찌감치 아침 식사를 끝낸 뮐러가 환자 요한과 함께 주방을 나서며 말했다. 셔틀 버스 시간에 맞추려면 서둘러야 했던 것이다.

식탁은 4인용으로 세팅돼 있었다.

"막스는 새벽 일찍 알프스로 떠났어."

식탁이 4인용인 이유를 알려주듯 수진이 말했다.

"캐런은, 아직 안 왔나 보지?"

카라얀을 캐런으로 바꿔 부르며 나는 그의 안부를 물었다.

"아, 캐런? 어젯밤 늦게 왔대. 일어나보니 문자가 와 있더라고. 지금 자고 있을 거야. 다락방에서."

뜻밖의 소식이었다.

"아침도 안 먹고?"

"원래 낮과 밤이 뒤바뀐 체질이라, 알아서 하겠지. 방치나 무관심이 그에겐 배려야."

수진의 말에 머리를 끄덕이며 나는 그녀에게 오늘 일정에 대해 물었다.

"은행 일도 있고 쇼핑할 것도 좀 있고 해서 아침 먹고 뮐러랑 나가보려고, 같이 갈래?"

그 제안에 나는 선뜻 답을 못했다. 다운타운 구경도 좋을 것 같았지만 다락방에 잠들어 있는 카라얀을 생각하니 이 집을 포기하기 어려웠다.

"둘이 갔다 와. 난 피곤해서 좀 쉬어야겠어."

둘러댄 말이 거짓은 아니었다. 낯선 잠자리에 시차까지 겹쳐 전날 밤도 뜬눈으로 새다시피 했던 것이다. 새벽녘에 잠깐 눈을 붙인 게 다였다.

수진과 뮐러가 나가자 집은 더 넓고 커 보였다. 다락방의 카라얀을 떠올리니 집 안이 그 옛날 포걸 멤버들 이야기에 나온 '캐슬' 분위기가 나는 것 같기도 했다. 왕자에게 마술을 걸어 다락방에 잠들게 해놓은 마녀라도 된 기분이었다. 나는 천천히 빈 집을 둘러보기 시작했다. 일층과 이층을 차례로 둘러본 다음 다락방으로 연결되는 삼층을 향했다. 긴장한 탓인지 나무계단의 삐걱거림이 유난히 심했다. 한 계단 한 계단 딛고 오를수록 심장이 옥죄어들었다. 마침내 마지막 계단에 섰다. 그랜드 피아노 건너편 구석 쪽에 다락방으로 향하는 좁은 통로가 보였다. 카라얀이 잠들어 있다는 곳…… 두근거리던 가슴이 급기야 흡, 숨이 멎는 느낌이었다. 목적지를 코앞에 둔 마지막 계단에서 더는 발을 움직일 수 없었다. 목적지가 벼랑처럼 느껴지면서 현기증이 났다. 결국 나는 돌아섰다.

다시 일층으로 돌아오자 숨통이 틔는 기분이었다. 환자의 거주 구역인 일층 거실은 휠체어가 제일 먼저 눈에 들어왔고 피아노는 구석에 밀려나 있었다. 거실 가운데 놓인 소파에 앉아 한 번 더 마음을 진정시킨 다음 차분해진 시선으로 정원을 바라보았다. 웃자란 풀과 나무를 휘감아 오르는 넝쿨들, 크고 작은 나무들이 서로를 옭아맨 채 단단하게 엉겨 있었다. 나무 한 그루 한 그루의 배치는 물론 잔디 길이까지 정확하게 측정, 양육되는 골프장 조경에 비하면 이 무질서한 정원은 생명력이 넘쳤다.

이용객들이야 부드럽고 완만한 초록 둔덕을 오르내리며 골프장 조경의 싱그러움과 드넓은 시야에 감탄하지만 스무 살 시절의 내게 그곳은 사막이나 다름없었다. 힘찬 스윙 소리와 딱! 하는 타격 음에 이어 하늘을 나는 공을 바라보는 일이 그나마 숨통을 틔워주었다. 하늘 높이 비상하는 공의 해방감에 젖어 있으면 어느 순간 긴 드라이버가 한 번씩 후려치듯 나를 일깨웠다. 정신을 차리고 보면 현실은 어김없이 해저드 구역이었다. 모래 벙커나 덤불숲…… 거침없이 허공을 가르던 공은 기껏 그곳에 처박혀 있기 일쑤였지만 어떤 공은 감쪽같이 사라지고 없었다. 고객들 불평에 아랑곳없이 나는 그 사라진 공들을 축복했다.

수진 부부는 예상보다 늦게 귀가했다. 그들의 인기척에 놀라 깨어난 다음에야 나는 정원을 감상하다 잠에 빠져들었다는 것, 그 잠이 북극곰의 겨울잠처럼 미련할 정도로 길고 깊었다는 사실을 차례로 깨달았다.

"캐런이 우리가 있는 곳으로 왔더라고. 시내에서 만나 같이 점심 먹고 차 한잔했지."

수진이 밝힌 뜻밖의 이유에 북극해의 얼음물 세례라도 받은 기분이었다. 각자 차지한 공간은 달라도 카라얀은 분명 이 저택에 나와 함께 있지 않았던가. 내가 잠든 사이 마법에서 풀려난 그가 다락방을 탈출했단 말인가, 아니면 또 다른 마녀가 나를 잠에 빠뜨려놓고 이 모든 술수를 부린 것인가. 얼떨

떨하다 못해 머릿속이 멍해져왔다. 일생일대의 기회에 잠에 빠져 허우적댄 얼빠진 주인공이 바로 나라는 걸 차츰 깨닫게 되었다.

"그런데 왜 같이 안 왔어?"

그들이 나와 카라얀 사이를 훼방 놓기라도 한 듯 내 목소리는 따지는 투였다.

"아, 캐런? 베를린에 있는 자기 집으로 갔어. 우릴 보려고 잠깐 들렀던 거래. 다음 주에 다시 올 거야."

수진은 나의 항의성 물음을 눈치채지 못한 듯 무심히 대꾸하고는 이층으로 향했다.

나는 야릇한 배신감에 사로잡힌 채 이층으로 향하는 수진 부부를 멀거니 바라볼 뿐이었다. 그들을 따라나서지 않은 게 실수였다. 빈집을 어슬렁대며 헛물이나 켜댈 일이 아니었던 것이다. 결정적인 순간에 뒷걸음질이나 하는 소심쟁이가 자신이라는 것도 깨닫지 못한 채…… 하긴 그들을 따라나섰더라도 결과는 다르지 않았을 것 같았다. 한 지붕 아래 있어도 만나지 못한 인연이 다른 곳에서 가능했을 리 없다. 마음을 가라앉히고 나는 스스로를 납득시키듯 되뇌었다. 카라얀, 아니 캐런은 더 이상 이곳에 없다.

*

　라이프치히와 베를린을 거쳐 북해에 면한 도시 함부르크까지 갔다. 중요한 음악회와 공연이 열리는 도시를 따라 하는 테마 여행인 셈이었다. 공연 예술 관련 전문가인 수진과의 동행은 고급 문화를 향유할 수 있는 둘도 없는 기회였지만 내겐 이차적 관심사였다. 수진을 그림자처럼 따르면서도 나는 뮐러의 고향집으로 돌아갈 날만 기다렸다. 성안으로 들어가지 못하고 계속 그 주변만 맴도는 부소리한 소설 속 주인공이 바로 나였다. 카프카의 K…… 그러고 보니 카프카 소설 속 주인공 대부분이 'K'였던 것 같다. 자신의 이름 카프카에서 따온 이니셜인지도 몰랐다. K……! 그 이름을 나 자신에게 부여하고 나니, 소설에 그런 기능이 있나 싶도록, 덜 외로웠다.

　바다를 낀 도시답게 함부르크는 물기가 많았다. 하루에도 몇 번이나 비가 뿌려 칠월임에도 외출 때는 긴 옷과 우산을 챙겨야 했다. 을씨년스러우면서도 가라앉은 분위기가 나는 싫지 않았다. 음악회가 열리는 콘서트홀 건물도 바닷가에 있었다. 건물은 선율을 연상시키듯 리드미컬한 곡선의 실루엣이 인상적이었다. 맨 꼭대기 층에 콘서트홀이 있었고 야외 라운지에서는 바닷바람이 거세게 휘몰아쳤다. 광풍. 말 그대로 미친 바람이었다. 몸을 내던지면 바닥에 떨어지는 게 아니라 북극으로 날아가 빙산에 처박힐 것 같았다.

이 나라 젊은 피아니스트와 베를린 필과의 협연이 있는 날이었다. 수진이 미리 피아니스트에 대해 자세히 설명해주었지만 막상 연주가 시작되고 나니 이름도 기억나지 않았다. 연주회 내내 음악에 빠져 있는 수진과 달리 나는 무대 위 지휘자에게 관심이 쏠렸다. 무대에서 유일하게 등을 보이고 있는 사람이 그였다. 저 지휘자도 혹시 무대공포증 때문에 연주자에서 지휘자로 옮겨 간 경우는 아닐까. 연주가 끝나고 관객을 향해 돌아서야 할 때, 압도해오는 시선과 박수와 환호를 정면으로 받아야 할 때는 어떻게 될까, 시선공포증이 있는 지휘자는…… 카라얀이 교회를 택한 것도 그런 이유 때문일까. 신의 품에서는 마음의 안정과 평화를 찾을 수 있어서……

"이 콘서트홀 실내 조명 멋지지?"

연주회 끝나고 나오는 길에 웬일로 수진이 먼저 말을 건넸다. 평소라면 그녀는 연주의 감흥에 사로잡혀 한동안 말이 없지만 이번에는 둘이 자리바꿈이라도 한 듯 내가 계속 침묵 모드였다.

"우리, 프라이부르크로 돌아가는 날이 언제지?"

수진의 물음을 건너뛴 채 내가 물었다.

수진이 날짜를 꼽아보는 사이 휴대폰이 울렸다.

"아, 뮐러!"

남편 이름을 다정하게 부르며 수진이 전화를 받았다. 아침, 저녁 두 번의 통화가 어김없이 오갔다. 오전에는 식사 안부였고 저녁에는 여행 보고였다. 수진은 그걸 '습관'이라는 단어로 가볍게 설명했지만 단 한 번의 예외도 없는 일이 나로서는 놀라웠다. 콘서트홀 건물이 있는 항구에서 도심으로 향하는 다리를 다 건널 때까지 수진의 통화는 계속되었다.

"나 참. 그새 분란이 있었네."

평소보다 길었던 통화가 끝나자 수진이 말했다.

그날 뮐러와 카라얀 사이에 있었던 다툼이 전화의 주 내용이었다. 요한을 재활센터에 보내놓고 뮐러가 집 안 청소를 하던 중이었다고 했다. 늦게 일어난 카라얀이 주방 쪽 테라스에서 커피를 마시고 있어서 뮐러는 다른 곳부터 청소하고 다시 테라스로 돌아왔다는 것. 여전히 카라얀이 테이블을 차지하고 앉아, 이번에는 커피 아닌 맥주를 마시고 있더라는 것. 그래서 뮐러가 '형이 청소하는데 거들어주지는 못할망정 아침부터 웬 술이냐'고 카라얀에게 했던 잔소리가 도화선이 되었다는 것. 그 한마디에 카라얀이 화를 벌컥 내며 집을 뛰쳐나갔다는 게 사건의 전말이었다.

"그럴 만도 하지. 캐런은 지난 삼 년 동안 동생 뒤치다꺼리하느라 얼마나 힘들었겠어. 뮐러야 기껏 열흘 남짓 봉사에 그런 잔소리를 해댔으니."

수진도 통화에서와는 달리 남편 아닌 시동생 편이었다.

"집을 뛰쳐나가면 어디로……?"

카라얀의 행방이 궁금해진 내가 물었다.

"베를린에 있는 자기 집으로 갔겠지."

수진의 무심한 대꾸가 북해의 새벽바람처럼 내 가슴을 휩쓸고 지나갔다. 가슴이 휑했다.

"이 집 형제들이 욱하는 성질이 좀 있어. 그래도 우애만큼은 각별해. 집안 문제도 형제애를 발휘해 자기들끼리 다 해결하잖아. 나는 안 끼워 넣고."

수진의 말은 귓등으로 흘려들으며 내 머릿속은 다시 일정 체크로 복잡해졌다. 자칫 카라얀을 못 만날 수도 있을 것 같았다. 베를린에 들렀을 때 박물관 섬을 들르지 않는 걸 수진이 '캄보디아 여행에서 앙코르와트를 빼놓은' 격이라고 했던 것처럼 카라얀 없는 내 여행도 그렇게 되기 십상이었다. 그렇다고 수진에게 그와의 만남을 부탁하고 싶지는 않았다. 오해가 두려워서도 아니고 자존심이나 체면의 문제도 아니었다. 그저 자연스럽게 만나고 싶었다. 우연인 듯 필연처럼……

*

마지막 저녁 식사는 6인용 식탁에서 이루어졌다. 첫날과 달리 빈자리는 없었다. 알프스 등반을 갔던 막스가 돌아왔고 그의 아들도 집에 와 있었다.

"캐런은 내일 올 거래요. 모레 요양원 알아보러 같이 가기로 했으니까."

직접 통화한 조카가 카라얀 소식을 모두에게 전했다. 온 가족이 모였을 때 매듭지어야 하는 문제가 남은 것이다. 그들 사이에 사설 요양원에 관한 이야기가 식사와 함께 본격적으로 오가기 시작했다.

가라얀이 온다는 내일은 나의 출국일. 6인용 식탁의 관점에서 보자면 아주 잘된 일이 아닐 수 없었다.

"혜수 이모, 어쩌면 프라이부르크 중앙역에서 캐런과 만날 수도 있겠어요."

나의 출발 시간을 물었던 조카가 뜬금없는 말을 했다. 난생처음 산 로또 한 장을 놓고 당첨 확률을 따지는 얘기처럼 들렸다.

"나도 아까 캐런과 통화했는데, 혜수 네 애길 했더니, 왜 이제 그 얘길 하느냐고 서운해하더라고. 그도 우리 포걸 멤버에 대한 기억이 각별했나 봐. 역에서 둘이 잠깐 인사라도 나누고 가는 건 어떻겠어?"

수진의 제안에 솔깃해하던 나는 이내 냉정을 되찾았다.

"다음에 기회가 있겠지."

짐짓 차분한 어조로 내가 말했다. 다음 기회는 없다는 걸 누구보다 잘 알고 있는 내가……

"알프스도 예전의 알프스가 아니더라고. 눈이 많이 녹아내렸어. 만년설도 조만간 옛날 얘기가 돼버릴지도 몰라."

알프스 등반을 마치고 온 막스도 상쾌한 바람을 식탁에 몰고 오지는 못했다.

언제나처럼 요한은 빵에 버터만 듬뿍 발랐다. 아이처럼 유난히 버터를 좋아했다. 버터만으로 속을 채운 샌드위치를 만들더니 자기 접시에 차곡차곡 쌓아놓았다. 네 개, 다섯 개…… 그는 이렇게 한 번씩 환자 티를 냈다. 자신이 이 집을 떠나야 할 이유를 가족들에게 일깨워주기라도 하듯.

나는 요한의 접시에 쌓인 빵 가운데 하나를 집어 왔다. 나와 눈이 마주친 그는 이전에 내 빵을 강탈해 간 사실을 기억하기라도 한 듯 씨익 웃었다. 빵 틈으로 비집고 나오는 버터의 느끼하고도 고소한 맛을 음미하며 나는 이 집을 떠날 사람들 순서를 떠올려보았다. 나부터 시작해 한 사람씩 순번을 매겨 가고 있으니 이 집 정원이 밀림으로 변해가는 광경이 오버랩되었다.

*

프라이부르크 중앙역에 내린다. 공항으로 가는 열차로 환승하기 위해서다. 대합실 전광판에는 공항행 열차가 이십 분 후 도착 예정으로 나와 있지만 정시 도착을 기대하는 건 부질없다는 걸 경험으로 깨우쳤다. 승강장에 막 도착한 열차에서 사람들이 쏟아져 나오고 있다. 캐리어를 끌거나 백팩을 멘 여행객들, 회사원, 어린아이를 동반한 젊은 부부, 노인들도 보인다. 다수의 백인들 속에 아프리카인, 아랍인도 보이고 더러 아시아계도 있다. 어쩌면 저 물결 속에 카라얀이 있을 수도 있다. 첫날 수진 부부를 따라 승강장에 내려서던 때가 떠오른다. 카라얀이 마중 나오기로 했어. 수진의 말에 긴장하며 걸음을 내딛던, 하지만 첫 단추부터 어긋나던 기억의 승강장을 반대 방향에서 거슬러 가고 있다.

휴대폰이 울린다. 걸음을 늦추고 손가방에서 폰을 꺼내려는데 뒤에서 어떤 남자의 음성이 또렷이 들린다.

"비테!"

고개를 돌리자 한 서양인 남자가 다가선다. 엷은 미소의, 게르만족의 후예일 법한 건장한 체구의 남자다. 희끗한 그레이 컬러의 머리칼, 에메랄드빛 눈동자의 살집 많고 선량해 보이는 늙수그레한 남자…… 이 남자가 카라얀일 것 같지는 않지만 이십 년 후의 카라얀은 이런 친근한 노인의 모습일 수도 있지 않을까, 하는 생각이 스친다. 설령 그가 '제가 카라얀, 아니 캐런입니다' 하고 또렷이 말하더라도 나는 모른 척, 못 알아들은 척할 것이다.

"이스트 다스……"

그의 말보다 그가 치켜든 손의 물건이 먼저 내 눈에 잡힌다. '샘물.' 세종이 사랑하는 백성을 위해 손수 만든 한글이 또렷이 표기된 물병이다. 기내에서 챙겨와 여행 내내 백팩 밑바닥에 깔려 있던 걸 꺼내 작별 인사하듯 한 모금 마시고는 대합실 의자에 놓고 온 것이다.

선량한 인상의 게르만족 남자를 보며 나는 엷은 미소로 고개를 저어 보인다. 내 것이 아니라는, 아니면 빠뜨린 게 아니라 버린 것이라는, 상대로서는 정확히 무슨 의미인지 알 수 없는 제스처로 손을 저어 보이고는 가던 걸음을 재촉한다. 그게 페트병 아닌 황금 호리병일지라도 나는 돌려받지 않을 터였다. 손에 땀이 나게 쥐고 있던 바통조차 이제는 놓아야 할 때다.

끊임없이 성 밖을 맴돌던 K는 결국 성에 들어가지 못한다. 성에 들어가는 것과 그 주위를 맴돌며 그 안을 꿈꾸고 상상하는 것, 어느 쪽이 더 성을 잘 아는 것일까. 알프스에 올랐던 이도 그렇게 말하지 않았나. 꼭대기에 올라서면 눈에 훤히 들어오는 건, 정상이 아니라 발아래 세상이었다고……

공항으로 향하는 기차가 승강장으로 들어오고 있다. 휘어진 철로를 따라 부드러운 곡선을 그리며 열차가 미끄러지듯 다가온다. 성 밖을 맴돌던 무수한 K와 함께 나는 열차에 오른다.

파라다이스
시티
역

지훈은 방 번호를 헤아리며 천천히 복도를 지났다. 906, 907, 908…… 마침내 문제의 방에 이르렀다. 912호. 걸음을 주춤했다. 열린 문 사이로 침대가 보였던 것이다. 뒷걸음질 하며 지훈은 현관문 숫자를 다시 확인했다. 912. 찾는 호실 이 맞았다. 이사가 덜 끝난 게 아니라 아직 시작도 안 한 모양 이었다. 문 안쪽을 다시 들여다보았다. 실내는 아늑하고 격조 있는 호텔 방 분위기였다. 목조 프레임 침대 너머에는 발코니 처럼 돌출형 전면 유리창이 있고 그 앞에 원목 의자 두 개가 작은 탁자를 사이에 두고 마주 놓여 있었다. 그중 하나에 지 금까지 이 방에서 살아온 듯한 사람이 앉아 있었다. 여자였다. 다행히 여자는 공항이 내다보이는 창 쪽을 향해 있어 뒷모습만 보였다. 이사 나갈 사람이 아니라 막 짐을 풀고 휴식을 취하고 있는 호텔 투숙객처럼 보였다. 올림머리 때문인지 유난히 목이 길어 보였다.

인기척에 여자는 뒤를 흘끗 돌아보았다.

"방금 전화하신 분인가요, 침대 가지러 오겠다던……?"

누군가를 기다리고 있었던 모양이었다.

"아, 아닌데요."

지훈은 손사래 쳤다.

바로 그때, 뒤에서 우렁찬 사내의 목소리가 들렸다.

"침대 가지러 왔습니다!"

건장한 남자 둘이 다가서자 지훈은 서둘러 그들에게 자리를 내주고 물러났다. 제대로 찾아온 건 맞았다. 시간을 너무 정확하게 지킨 게 문제라면 문제였다. 이런 일에는 약속 시간보다 조금 늦게 오는 게 맞아 보였다. 이사라는 게 시간을 정확히 지키며 끝나는 성격의 일이 아니지 않은가. 그걸 알면서도 일찌감치 나섰던 건 초행길이기도 했고 매사에 빈틈없는 고모 영향이 컸다. 은행원 출신답게 고모는 돈 문제는 물론 시간 관념도 정확했다. 지훈의 집에 놀러올 때도 업무차 방문한 사람처럼 정확한 시간에 나타났다가 약속한 만큼만 머물고 떠나는 사람이었다. 그런 빈틈없는 성격의 고모를 친인척들은 곱게 보지 않았지만 지훈은 그런 고모가 마음에 드는 정도가 아니라 존경스러웠다. 살갑게 굴면서도 이해가 얽힌 일은 은근슬쩍 남에게 떠넘기는 민폐형 사람들이 얼마나 많은가. 그런 이들에 비하면 고모는 '양심적인' 원칙주의자였다. 남에게 폐 끼치는 일은 할 줄 몰랐고 베풀어도 생색내는 법이 없었다. 경우가 바르고 일처리는 정확했으며 태도는 쿨했다. 이번 일도 그랬다.

"지훈이 니가 특별히 신경 쓸 건 없어. 짐 다 빠져나가고 별문제 없으면 나한테 전화만 한 통 해줘. 그러면 내가 세입자한테 바로 송금하면 되니까. 그것도 관리실에서 알아서 하겠지만 그래도 주인 쪽 사람이 직접 와보는 게 성의가 있어 보이겠지. 그럼 수고 좀 해줘."

고모의 부탁은 수고랄 것도 없었다. 고모의 오피스텔 세입자가 만기가 되어 나가는 날인데, 이사 끝날 시간에 맞춰 가서 한번 살펴본 다음 마음에 들면 지훈이 몇 달간 써도 좋다는 선심성 제안이었다.

"관리비만 부담하면 돼. 공항이 반 폐쇄 상태니 오피스텔도 공실이 넘치나 봐. 비워두면 내가 관리비 내야 하는데 지훈이 니가 쓰면 내 부담이 덜지."

고모답게 솔직하게 말했다. '누이 좋고 매부 좋은' 일처럼 말하는 건 지훈에게 부담을 안 주려는 의도일 뿐 지훈이 수혜

자인 건 분명했다. 열 평짜리 오피스텔 관리비는 서울의 고시원 월세 절반 정도일 테고, 일단 시설 자체가 고시원에 비할 바가 아니었다. 무엇보다 지훈에겐 고시원 탈출의 기회였다. 그곳의 불편함이란 열악한 환경이 전부는 아니었다. 얇은 합판을 벽으로 둔 구조라 사생활 보장이 전혀 되지 않았다. 한번 얽혀들면 사람 관계도 헤어나기 쉽지 않았다. 어릴 적부터 '사내 녀석이 감정이 여리고 헤프다'는 걱정을 많이 들으며 자란 지훈이었다.

고모의 제안에 지훈은 만세라도 부르고 싶은 기분이었다.

"파라다이스 시티 역이요?"

위치 설명을 듣던 지훈이 고모에게 되물었다. 뉴욕이나 파리의 지하철 역명이라도 듣는 기분이었다. 학생 때부터 여기저기 아르바이트 다니느라 지훈은 서울 지하철은 물론 수도권 노선까지 훤히 꿰고 있었던 것이다. 기존 노선에 이어지는 신설 역이라 하더라도 으레 그 지역 지명이나 우리식 이름을 따르게 마련이었다. 아파트처럼 역명에 외래어를 쓰는 경우는 거의 없었다.

"인천공항과 해변을 오가는 셔틀 열차 정차역이야. 공항과 해안 관광지를 연결하는 노선인데……"

고모의 설명을 듣고서야 지훈은 공항 오갈 때 보았던 공중의 노란색 꼬마 열차를 떠올렸다.

노선도를 확인해보니 왼쪽 하단 끝부분에 그 역명이 버젓이 자리하고 있었다. 파라다이스 시티 역. '파라다이스'와 '시티'라는 그리 낯설지 않은 외래어의 조합은 사오층짜리 낡은 고시원이 난립해 있는 달동네와 견주니 달나라에 건설된 신도시 느낌이라고나 할까. 드라이하면서도 모던한 이미지였다.

'파라다이스 시티 역'도 공항 인근 '업무단지'도 생소했지만 공항 터미널만큼은 낯설지 않았다. 가족들 해외여행이나 친구들 어학연수로 심심찮게 오가는 곳인 데다 만남과 헤어짐의 엇갈린 감정이 교차하며 각별한 감흥을 불러일으키는 곳이기도 했다. 인천공항역에 내렸을 때 지훈은 잠시 주춤했다. 출구 너머로 보이는 공항 터미널이 이전과는 분위기가 너무도 달랐던 것이다. 여행가방 잔뜩 실린 카트와 분주하게 오가는 사람들로 붐비던 곳이 휑하게 비어 있었다. 유리와 하얀 철제 골격으로 이루어진 높고 둥근 천장이 만들어내는 열린 구조는 사람들로 북적일 때는 환하고 시원스러웠으나 지금은 썰렁하고 황량해 보이기까지 했다. 라운지 곳곳이 노란 빗금 테이프가 쳐진 제한구역이어서 사람들은 임시 통로만 이용할 수 있었다. 유니폼 차림의 공항 근로자나 머리에서 발끝까지 하얀 방역복으로 무장한 방역대원들 외에 지훈 자신 같은 일반인은 아주 가끔 눈에 띨 뿐이었다. 웬만큼 예상은 했지만 막상 와보니 공항 특유의 건물 분위기까지 더해져 세기말의

디스토피아 느낌이 물씬 났다. 마지막으로 공항을 찾았던 날의 화려했던 기억도 그 낯설음에 한몫했다.

해린이 캐나다로 어학연수 떠난 날이 지훈이 공항을 찾은 마지막이었다. 벌써 이 년 전 일이다. 유아교육 전공인 해린은 노란 백팩에 빨간 기내용 가방을 끌고 소풍 가는 유치원생처럼 출국장으로 들어갔다. 해린을 보내고 같이 배웅 간 친구들과 지훈은 제2공항 터미널 한쪽에서 뒤풀이를 했다. 편의점 앞 테이블에 자리를 잡았을 때 마침 임시 무대에서 흥겨운 보사노바풍 음악이 흘러나왔다. A가 갑자기 '우리 꼭 유럽여행 온 거 같지 않아?'라고 한마디 한 것이 불쏘시개가 되었다. A의 말을 받은 B가 C가 앉은 쪽을 가리키며 '트레비 분수 앞 같은데' 하고 덧붙였다. C가 앉은 자리가 작은 인공분수 앞이었다. '본 젤라토 생각나네.' 그렇게 말하며 A가 아이스크림을 사러 가겠다고 일어서자 B가 '난 맥주 한 캔!' 하며 외친 게 불씨에 기름을 부은 셈이었다. 그러자 C가 '굳이 학교 앞까지 갈 거 없이 여기서 뒤풀이하지 뭐, 분위기도 좋은데' 하고 제안했다. 편의점 냉장고에 세계맥주 그득하다는 둥, 편의점도 공항도 24시간 열려 있다는 둥, 저마다 장작을 하나씩 보태어 '공항 터미널 세계맥주 파티'라는 화려한 뒤풀이 캠프파이어가 되었다.

취기에 젖은 눈으로 한번씩 주위를 둘러보면 피부도 언어도 다른 각국의 남녀노소 여행객들이 가방을 끌며 오가는 데다 라이브 음악까지 더해져 유럽 도심 광장 한편 노천카페에 죽치고 앉아 술을 마시는 기분이었다. 그 분위기에 취해 네 명이 각자 돌아가면서 사 온 편의점 세계맥주와 안주로 술자리는 4차까지 이어졌다. 그러다 첫 열차 운행 시간에 맞춰 파티는 막을 내렸다. 그날의 술자리는 친구들 사이에서 '무박 2일 제2공항 세계맥주 파티'라는 말로 포장되어 입소문을 탔고 코로나19 시기로 접어들면서 단톡방에서 레전드급 뒤풀이로 종종 회자되곤 했다. 그때의 기억이 지금의 공항을 더 쓸쓸해 보이게 했다.

지훈은 임시 통로를 따라 고모가 알려준 대로 꼬마 열차로 갈아탈 수 있는 환승 구역으로 향했다. 이국적 이름의 그 노란 열차를 타고 가면 바다가 보인다고 했다. 특히나 낙조 무렵에는 풍경이 황홀할 정도여서 파라다이스 느낌이 난다는 감상평도 검색에서 나왔다. 지훈은 친절한 감상 후기를 떠올리며 환승 구역으로 향했다. 그곳에 도착하니 '운행중지'라는 푯말이 출입구 중앙에 떡하니 걸려 있었다. 파라다이스는커녕 '당신에게 남은 건 발품뿐'이라는 사실을 여실히 일깨우는 푯말이었다. 하긴 천국이 그렇게 쉽게 닿을 수 있는 곳은 아니지. 그런 깨달음마저 들었다.

지훈은 공항 터미널을 빠져나왔다. 동 타워, 서 타워로 나뉘어 좌우에 서 있는 단기 주차장 건물을 지나자 머리 위로는 교통센터 출구 지붕에서 뻗어 나온 철로가 허공을 가르며 나 있었다. 굳건한 콘크리트로 만들어진 고가 철로는 이제 방향 표시선 역할을 하는 셈이었다. 밤하늘의 별을 따라 걷던 사막의 캐러밴처럼 허공의 철로를 따라가다 보면 파라다이스 시티 역이 나올 터였다.

더위가 한풀 꺾인 초가을 날씨였다. 한낮의 햇빛은 여전히 강했으나 적당한 습도에 간간이 불어오는 바람, 거기다 맑고 푸른 하늘이 상쾌함을 얹었다. 단기 주차장을 지나고 육교에 올라서니 이번에는 장기 주차장이 좌우에 드넓게 펼쳐져 있었다. 종합운동장만큼이나 드넓은 주차장에 자동차는 한 대도 없었다. 텅 빈 주차장이 수영장의 물 빠진 풀을 보는 느낌이었다. 시멘트 노면에 일정한 간격으로 있는 검정과 노랑 조합의 뒷바퀴 방지턱 행렬이 언뜻 보면 풀의 레인처럼 보였던 것이다. 출전 거부당한 수영선수라도 된 기분으로 지훈은 육교에서 그 광경을 한참이나 멀거니 내려다보았다. 팬데믹 시기라 어디든 다 황량하고 건조한 느낌이었다.

육교를 내려오니 계단 아래쪽에 멋진 리무진 승합차 몇 대가 서 있고 그 주변에 검은 제복 차림의 남자 몇몇이 보였다. 터미널을 나와서 처음으로 만나는 사람이라 지훈은 그렇게 반가울 수 없었다.

"파라다이스 시티 역?"

지훈의 물음에 제복 차림의 남자들 중에서 가장 연장자로 보이는 이가 선뜻 나섰다. 그들 뒤에는 짙은 코팅 차창의 멋진 리무진 승합차가 갓길에 정차해 있었다. 운전석 옆쪽 유리창에 '외국인 탑승 전용'이라는 문구가 보였다.

남자는 검은 정장 밑으로 나온 하얀 와이셔츠 소매가 돋보이는 손으로 고가 철로를 가리켜 보였다. 공항 터미널에서 직선으로 뻗어 있던 고가 철로는 이곳 업무단지에서는 완만한 곡선을 이루며 비행기가 구름 속으로 사라져 가듯 빌딩 사이로 사라진 것이다. 지훈은 마치 미래 도시에 온 듯한 기분에 사로잡혀 남자의 설명을 들었다.

모퉁이 건물을 돌아서니 신사가 알려준 대로 저 멀리 허공에 파라다이스 시티 역이 솟아 있는 게 보였다. 파란 하늘을 배경으로 우뚝 선 역사는 이름에 걸맞은 자태였다. 지상이 아닌 저 높은 곳, 사람들 손길이나 발길이 쉽게 닿지 못하는 곳에 외로이, 하지만 우아한 자태로 서 있어야 진정한 파라다이스라는 사실을 일깨우듯 높이 떠 있었다.

규칙적으로 바뀌는 신호등의 신호를 지키는 일도 무색해 보이도록 도로에는 차량이 거의 없고 보도에는 행인들 발길도 뜸했다. 지훈은 신호가 바뀌기를 기다리는 스스로를 머쓱해하면서 횡단보도 앞에 서 있었다. 가로수에서 일찌감치 떨어져 나온 마른 낙엽이 보도 위를 굴러다니며 메마른 소리를 냈다. 마침 건너편 횡단보도 앞으로 어디선가 나타난 사람들 몇이 다가와 섰다. 바뀐 신호에 따라 지훈은 횡단보도 위에서 유니폼 차림의 그들과 스쳐 지나면서 그들이 흘끗 쳐다보는 바람에 외지인 아닌 외계인이 된 기분이었다. 공항공사 직원처럼 보였다. 공항은 폐쇄한 상태여도 직원은 정상 출근을 하는 모양이었다.

횡단보도를 건넌 지훈은 오피스텔 건물이 밀집해 있는 블록으로 들어선 다음 편의점부터 찾아들었다. 낯선 곳에서 고향 사람이라도 만난 기분이었다. 점원의 목소리와 익숙한 실내 분위기가 그렇게 편할 수 없었다. 캔 커피 하나를 계산대 위에 올려놓은 다음 담배를 주문했다. 내내 휴대폰 주식 시황에 빠져 있던 파란 모자 점원은 계산을 끝내고 다시 주식으로 돌아갔다. 팬데믹 시기에도 주식시장은 잘 돌아가고 있는 모양이었다. 지훈은 커피를 마시며 창밖을 내다보았다. 건너편 건물 일층 상가에는 부동산 중개소, 세탁소, 호프집, 중식당과 환전소, 커피숍 등이 이어지고 있었으나 절반은 휴업 상태였다. 지훈이 캔 커피 하나를 다 비우는 동안 편의점에 다른 손님은 들어오지 않았다. 파란 모자 청년은 지훈이 그곳을 나올 때까지 주식 그래프만 들여다보고 있었다.

912호 이사 광경은 지훈이 이곳에 이르기까지 접했던 풍경과는 너무도 달랐다. 달나라에서 지구를 추억하는 기분이라고나 할까. 덤프트럭 기사 같은 두 남자가 침대를 가져간 걸 시작으로 남녀노소 각양각색의 사람들이 꼬리를 물고 나타나서는 크고 작은 살림살이를 하나씩 가지고 사라지는 모습이 운동회에서 가족 단위로 펼쳐지는 릴레이 경기 같았다. 침대가 제일 먼저 빠져나간 뒤에는 카트를 끌고 온 아줌마가 조명등과 홍콩 야자나무 화분을 담아 가지고 갔고 그 뒤를 이어 청바지 차림 청년이 프라이팬과 편수 냄비를, 형광색 안전 조끼 차림 아저씨는 앤티크 원목 의자 하나와 탁자를, 백팩을 멘 노랑머리 여학생은 커피잔과 텀블러를 챙겨 들고 허리를 구십 도로 굽혀 인사하고 사라졌다. 이사라기보다는 벼룩시장이나 당근마켓의 '무료나눔' 현장 같았다. 게시판 댓글에 선착순으로 예약했던 사람들이 정해진 시간에 나타나 각자 '찜'한 물건을 가지고 가는 도시 외곽의 달동네 풍경이 낯선 행성에서 펼쳐지고 있는 것 같았다.

처음 지훈이 이 오피스텔 꼭대기층에 내렸을 때도 그랬다. 엘리베이터가 아니라 타임머신에서 내린 기분이었다. 고시원과 오피스텔이 그렇게 긴 시간차를 느끼게 하나 싶을 정도였다. 건물 내부도 부채꼴 모양 중정을 한 특이한 구조였다. 곡면형 하얀 벽을 따라 검은 현관문이 일정한 간격으로 나 있어 복도 전체는 피아노 건반을 살짝 구부려놓은 모양새였다. 유리 지붕에서 흘러든 오후의 햇살이 피아노 건반 같은 복도를 은은하게 내려 비추고 있어 복도는 해린이 좋아하던 필립 글래스풍 선율이 뭉글뭉글 깔리는 분위기였다. 나른하게 이어지는 복도를 따라가다 피아노 건반 하나가 빠져나간 듯한 그곳이 열린 문의 912호였다.

일층에서 꼭대기층까지 뚫려 있는 중정 구조라 층층마다의 복도가 훤히 내려다보였다. 원목 의자를 들고 사라졌던 형광색 조끼 아저씨는 잠시 뒤 육층 복도에 나타났다. 우리 몸에 밀착해 있는 '가장 작은 건축물'이 의자라던 어느 건축가의 말을 실감하며 지훈은 912호 물건 중에서 유일하게 탐나는 그 원목 의자를 뚫어지게 바라보았다. 원목 의자는 육층의 새 주인 방으로 이내 사라졌다. 프라이팬과 편수 냄비를 양손에 든 청바지 청년은 삼층 복도에 나타나더니 그중의 한 현관문으로 사라졌다. 912호 살림살이 몇 개는 이 건물 내에서 자리 이동한 셈이었다.

"이삿짐 정리가 다 끝났나요?"

사람들 발길이 끊기고 난 다음 지훈이 912호로 다가서며 물었다.

"아, 여기 들어오실 조카분인가요?"

세입자 여자는 고모의 전언을 미리 받은 듯 지훈을 알은체

했다.

그녀를 따라 실내로 들어선 지훈은 자기 눈을 의심했다. 아까 열린 문으로 보았던 그 방이 맞나 싶어서였다. 침대와 살림살이가 다 빠져나간 방 안은 처음의 아늑하고 격조 있는 호텔 방 분위기는 오간 데 없고 시멘트 벽으로 이루어진 모듈형 방 한 칸에 불과했다. 지훈은 이곳에 오기 전 맞닥뜨렸던 공항 터미널의 썰렁한 분위기, 물 빠진 풀처럼 황량했던 노상 주차장과 다시 마주한 기분이었다. 고시원 탈출의 희망이 견고한 콘크리트 벽에 세게 부딪친 느낌이었나.

"혹시, 캡슐용 커피머신 안 필요해요? 저걸 가져가겠다는 사람이 방금 취소했네요."

그녀는 싱크대 위에 놓여 있는 작은 커피머신을 가리켰다. 빨강 에나멜 외피의 돌체 구스토였다. 깜찍한 요정 같은 그것이 메마른 실내에 윤기와 활기를 불어넣으며 지훈을 쳐다보고 있었다. 허전한 지훈의 가슴을 뜻밖의 선물이 달래주었다.

"아, 보증금이 들어왔네요."

전화 한 통으로 돈이 옮겨 가면서 세입자와 집의 인연은 깔끔하게 끝났다.

여자는 싱크대 위에 놓여 있던 숄더백을 어깨에 걸치고 입구 쪽에 서 있던 작은 캐리어 가방을 끌고 현관을 나섰다. 이사 가는 사람이 아니라 공항으로 가서 바로 비행기에 몸을 실을 사람처럼 보였다. 돌돌 구르는 바퀴 소리와 함께 멀어져 가는 그녀의 뒷모습이 복도에 긴 여운으로 남았다.

*

택배 물건 하나가 사흘째 현관문 옆에 놓여 있었다. '족욕 겸용 발마사지기'라는 상품명이 그림과 함께 박스에 인쇄돼 있었다. 그동안 지훈이 무심히 지나쳤던 건 박스가 911호와 912호 중간에 놓인 데다 자신과 아무 상관없는 물건이어서였다. 사흘째 물건이 그대로인 걸 보고 지훈은 처음으로 박스에 붙은 운송 라벨을 들여다보았다. 옆방이 아닌 지훈의 방 912호로 배송돼 온 물건이었다. 받는 사람은 한지영, 이전 세입자였던 목이 긴 그 여자 이름 같았다. 이름 옆에 휴대폰 번호가 있었다. 그날의 별난 이사 광경과 함께 그녀 모습이 다시 떠올랐다. 마흔 중후반으로 보이던 여자의 올림머리, 민낯에 수수한 니트 차림이 근처 마트에 장 보러 나선 주부 분위기였으나 여느 주부와 달라 보였던 건 긴 목이 불러일으키는 우아한 자태와 별난 이사 풍경 때문이었다. 언뜻 보면 유명 정치인과의 불륜 스캔들을 혼자서 줄기차게 주장하는, 당차지만 외로워 보이는 여배우 이미지였다. 물건을 더 방치할 수 없다고 생각한 지훈은 바로 전화를 걸었다.

"한지영 씨 휴대폰인가요?"

상대를 확인하고 난 지훈은 택배 물건에 대해 설명했다.

한지영은 알려줘서 고맙다는 인사와 함께 조만간 물건을 가져가겠다고 말하고는 바로 전화를 끊었다. 그 바람에 지훈은 그녀가 지난번 그 세입자가 맞는지 확인하는 걸 놓쳤다. 짧게 주고받은 두어 마디로는 아닌 쪽에 가까웠다. 맑은 하이 톤 음성이 워낙 젊은 데다 그날 여자의 뒷모습이 공항으로 가서 바로 출국할 사람처럼 보였기 때문이다. 숄더백 걸치고 기내용 캐리어를 끌고 사라지던 뒷모습에서 해린의 마지막 모습을 떠올린 기억도 났다. 출국장으로 들어가는 해린을 바라보며 지훈은 그날, 이별의 아쉬움보다 훗날의 꿈에 부풀었던 것이다. 해린이 귀국할 즈음이면 지훈도 원하는 직장에 자리를 잡고 그때부터 본격적으로 사귈 생각을 했던 것이다. 무지갯빛 꿈을 단번에 신기루로 바꿔놓을 괴물이 나타날 거라곤 상상도 못한 채……

세계맥주 파티를 같이했던 친구들과도 그날 이후로는 술자리를 한 기억이 없었다. 다들 각자의 방에 들어앉아 스펙을 쌓는 틈틈이 단톡방에서만 관계를 이어갔다. 캐나다의 해린과 미국과 호주에 가 있던 친구들까지 접속하면서 다국적 단톡방이 되자 해외파들은 현지 특파원이라도 되듯 각 나라 소식을 경쟁적으로 늘어놓았지만 전하는 내용은 엇비슷했다.

바이러스 하나가 국경까지 허물어버린 듯 어디서든 코로나
19와 관련한 끔찍한 소식이었다. 그중에서도 지훈에게 가장
충격적인 소식은 해린이 전한 것이었다. 어학원 폐쇄로 가정
교사를 택했던 해린이 그 원어민 가정교사와 가까워지면서
마침내 그와 결혼을 하기로 했다는……

충격이 가라앉고 그 문제를 다시 되짚어보던 지훈은 혼란
스러웠다. 그동안 해린과의 관계가 자신의 착각에 불과했던
것인지 아니면 해린의 변심인지, 그 모든 것이 바이러스가 부
린 조화인지…… 처음엔 후자에 기울었다가 다시 전자에 쏠
리면서 시소 타듯 오락가락하던 생각은 굳건한 현실에 차츰
적응해갔다. 결국 지훈은 해린의 결혼을 축하하며 선물까지
보냈다. 해린이 결혼선물로 당당하게 요구했던 건 KF94 마스
크 백 장이었다. 그것도 해린의 취향에 맞는 색으로 골라 백
장을 맞추느라 어떤 선물 마련보다 힘들었지만 그 마지막 노
고로 지훈은 해린의 기억에서 풀려날 수 있었다. 코로나19는
누구에겐 결혼을 또 누구에게는 결별을 가져다주는 두 얼굴
의 바이러스였다.

'족욕 겸용 발마사지기'를 보면서 지훈은 물건의 주인이 오
래 서서 일하는 사람일 거라고 생각했다. 이 업무단지가 공항
배후 오피스타운인 만큼 이곳 거주자 대부분은 공항 관련 일,
아니면 인근 골프장이나 호텔에서 일하는 사람일 것 같았다.

공항 면세점 직원이거나 보안요원, 아니면 인근 호텔의 호텔리어나 골프장 캐디 등등 개연성 있는 업종을 떠올리니 거의가 오래 서서 일하는 직종이 맞아 보였다. 한지영도 그런 직업 중 하나일 터였다. 지난번 보았던 세입자가 한지영이 맞다면 호텔리어 중에서도 매니저에 가까워 보였다. 나이도, 관록 있어 보이는 인상도, 아니 무엇보다 이 방의 첫 느낌이 격조 있는 호텔 룸 분위기였던 데다 그녀 역시 그 분위기에 잘 어울렸던 것이다.

그날, 912호 물건을 갖기 위해 줄을 잇던 사람들은 지훈이 공항에서 이곳까지 오는 동안 마주친 사람보다 많았다. 또한 유니폼 차림이 아닌 그들은 동네 이웃처럼 친근해 보였다. 의자와 화분과 조명등, 프라이팬 등등 소소한 살림살이가 낯선 이들 손에 쥐어져 사라지던, 초현대식 오피스텔 건물에서 펼쳐지던 달동네 골목길 풍경은 파리에서 러시아 고향 마을을 그리워하며 그린 샤갈의 그림을 보는 기분이었다.

택배 박스는 다음 날도 그다음 날도 그대로였다. 지훈은 한지영에게 다시 전화를 걸었지만 전화 연결이 되지 않았다.

'물건이 아직 그대로 있네요. 분실될까 걱정입니다.

—912호'

지훈은 사진까지 첨부해 문자 메시지를 보냈다.

다음 날도 물건은 그대로였다. 물건 주인의 답신도 없었다.

지훈은 다시 통화를 시도했으나 지난번처럼 신호음만 갈 뿐 연결이 되지 않았다. 메시지를 한 번 더 남기기로 했다.

'이번 주말까지도 물건이 그대로 있으면 회사에 반품 신청할까 합니다.'

그 뒤로도 한지영은 감감무소식이었다.

지훈은 반품을 하기로 하고 배송 라벨을 자세히 들여다보았다. 발송회사 주소 맨 마지막 부분이 잘려 나가고 없었다. 주인과 연락 불통인 데다 반품도 못하게 됐으니 물건에 대한 권리는 이제 지훈에게로 넘어온 거나 다름없었다. 그렇다 한들 '족욕 겸용 발마사지기'가 자신에게 필요한 물건도 아니었다. 한동안 그걸 바라보던 지훈은 이사 온 첫날부터 905호 문 앞에 놓여 있던 생수 묶음 생각이 나면서 발마사지기를 너무 오래 방치해두었다는 자책이 들었다. 905호 생수가 없어진 걸 일주일 만에 보았을 때는 길 잃고 울던 아이가 마침내 부모를 만나 집으로 돌아간 것처럼 안도감이 들었다. 지훈은 발마사지기를 안에 들여놓기로 했다.

박스가 커도 문제없을 정도로 방은 충분히 넓었다. 고시원에서 옮겨 온 지훈의 이삿짐이라곤 노트북과 수험용 책, 옷가지와 침낭이 전부여서 전용 열 평짜리 오피스텔이 휑해 보일 정도였다. 들여온 박스를 현관 입구 쪽 벽에 기대놓으니 내부가 덜 썰렁해 보일 뿐 아니라 잠자리에 누워 한 번씩 현관 쪽을 바라보면 보초가 서 있는 것처럼 든든했다. 저 헤픈 감정 좀 봐, 사내 녀석이…… 엄마가 곧잘 하던 걱정이었다. 어릴 적, 형이 지훈을 놀려주려고 예쁜 열대어를 꿀꺽 삼키는 시늉을 해 보였던 적이 있었다. 지훈은 자신이 아끼던 그 열대어가 형의 뱃속으로 들어가버린 일에 놀라 울기까지 했다. 얼마 뒤 정신을 차리고는 큰 생수병을 통째로 형 앞에 들이밀며 마시라고 했다. 뱃속의 열대어를 살리기 위해서였다. 지훈의 집요한 권유에 1.5리터짜리 생수를 다 마시고 지훈이 다시 새 생수병을 가지고 오자 형은 그 열대어를 도로 토해내는 마술을 펼쳐 보였다. 그러고 나서야 그 기억에서 풀려날 수 있었다. 우리 지훈인 예술가 타입이야. 감수성이 예민하고 섬세하니 감정 이입이 잘되는 거지. 유일하게 지훈을 칭찬하고 나선 사람이 고모였다. 가족들은 고모의 말을 전혀 반기는 기색이 아니었다.

어느 날 현관문 옆의 박스를 바라보던 지훈은 문득 물건을 한번 꺼내볼까, 하는 생각을 했다. 박스에 그림이 있긴 했지만 실물이 궁금했던 것이다. 그때 전화가 울렸다. 발신자가 '한지영'으로 뜬 걸 보고 지훈은 놀랐다. '기막힌 우연의 일치'라기보다는 자신의 일거수일투족을 그녀가 어디선가 지켜보고 있는 것처럼 섬뜩했다. 주위를 아무리 둘러보아도 CCTV 카메라로 의심 갈 만한 것은 없었다.

"아, 정말 미안해요. 문자를 뒤늦게 확인했어요."

한지영은 사과의 말부터 했다.

지훈은 간발의 차로 박스를 개봉하지 않은 걸 다행으로 여겼다.

"그 물건, 그냥 쓰세요. 반품하지 말고."

그녀의 말에 지훈은 속내를 들킨 기분이었다. 사실 궁금하긴 했으나 물건 자체가 탐난 건 아니었다.

"아니 애써 구매하신 물건을 왜요?"

"내가 주문한 게 아니에요. 누가 보냈나 봐요. 가끔 그런 사람 있어요."

이해가 잘 안 가는 말이지만 캐물을 수도 없었다.

"저, 지난번 제가 봤던 그분 맞으시죠. 저한테 돌체 구스토 커피 머신 주셨던……"

지훈은 궁금해하던 걸 마침내 물었다.

"네, 맞아요."

"그동안 어디 멀리 가 계셨나요? 연락이 잘 안 돼서요."

조심스러워하며 지훈은 궁금증 하나를 더 꺼냈다.

"실은, 그동안 격리돼 있었어요. 확진 판정 받고요."

그제야 의문이 풀렸다.

"아, 어쩐지…… 이제 괜찮으세요?"

지훈이 걱정스럽게 물었다. 해외에 있을 거라는 예측에 비하면 안타까운 소식이었다.

"네. 완치하고 완전히 회복했어요."

한지영은 지훈의 우려를 감지한 듯 더 맑고 건강한 목소리로 대꾸했다.

"아 다행이네요. 근데, 댁이 여기서 많이 먼가요?"

지훈은 그녀가 물건을 가져가는 일이 번거로워서 포기하는 게 아닌가 싶었다. 공항이 있는 '국제도시'니 '경제자유구역'이니 화려한 수식이 따라붙고 다리가 놓이긴 했어도 지형상 이곳은 엄연히 섬이니 말이다. 서울에서 온다면 한강을 건너고 바다도 건너야 하기 때문에 심리적 거리가 클 수밖에 없었다.

"멀긴요. 거기서 가까운 오피스텔이에요. 파라다이스 시티 역 건너편에 있는……"

의외의 대답이었다.

그 오피스텔이라면 지훈이 있는 곳에서 엎어지면 코 닿을 곳 아닌가. 지훈이 가끔 마당에서 담배를 피우며 파라다이스 시티 역사를 바라볼 때 건너편의 그 건물도 자연스레 잡혔다. 레지던스 호텔과 오피스텔이 같이 있는 건물로 내국인 여행객들이 드나드는 모습이 종종 보였다. 그녀가 왜 굳이 이사했는지도 의문이었다.

"정말 가까운 곳이네요. 그러면 제가 갖다드릴 수도 있습니다. 사실 저한테는 딱히 필요한 물건도 아니어서요."

지훈은 그 정도 친절은 기꺼이 베풀 수 있다는 투로 말했다.

한지영은 한동안 말이 없었다.

"필요치 않으면 선물하세요. 부모님, 아니면 고모님께요. 좋은 분이신 거 같던데, 고모님."

한참 만에 한지영이 고모를 잘 알고 있다는 듯 덧붙였다.

"아니, 멀쩡한 새 물건을 왜요?"

지훈이 미심쩍어하며 물었다.

"뜬금없이 선물을 보내는 사람이 더러 있어요. 저도 이제 일을 안 하기 때문에 누군지 알 필요도 없고……"

한지영이 얼버무리며 말했다.

그녀의 일이 궁금하긴 했지만 그걸 거론할 계제는 아니었다. 포장도 뜯지 않은 새 물건을 공짜로 준다는 게 싫지는 않지만 썩 내키지도 않았다. 고모처럼 매사에 정확한 사람이 이런 성격의 선물을 반길 리 없고 전신마사지기가 있는 엄마는 '이젠 물건에까지 감정이입을 하는구나'라며 아들 걱정부터 할 게 뻔했다.

"아, 정 그러시다면, 제가 잘 쓰겠습니다. 감사합니다."

지훈은 그렇게 통화를 마무리할 수밖에 없었다. 자신이 해결하는 게 나을 것 같았다. 무엇보다 그 물건의 적임자가 갑자기 떠올랐던 것이다. 푸른 고시원 33호 황제 아저씨……

베니어판을 벽으로 한 고시원에서 옆방 사람끼리는 얼굴만

모를 뿐 소리로 많은 걸 공유하는 관계였다. 소음 중에서도 가장 치명적인 건 사람의 감정을 불러일으키는 소리다. 33호는 소리 없이 존재하는, 그러니까 존재감이 거의 느껴지지 않는 옆방 사람이었다. 새벽 일찍 나갔다 늦게 들어와서는 바로 잠들기 때문에 처음엔 빈방인 줄 알았다. 일을 나가지 않는 휴일에도 33호는 이웃에 피해를 주지 않으려 극도로 조심했다. 통화는 주로 밖에서 했고 불가피한 상황일 때는 이불을 뒤집어쓰고 하는 것 같았다. 이불 틈새로 흘러나온 몇 마디가 한동안 쌓이더니 어느 날 사연이 퍼즐처럼 꿰맞추어졌다. 보증을 잘못 서서 집까지 날린 33호는 아이들 때문에 어쩔 수 없이 이혼을 하고 지금은 일용직 근로자로 살아가고 있는 퇴출 가장이었다. 주변에서 흔히 접할 수 있는 사연일지라도 벽을 맞대고 있는 사람이라면 달랐다. 그렇다 한들 직접 대면이 없다면 서로에게 존재하지 않는 사람이기도 했다.

어느 날 밤, 허기 탓인지 잠까지 오지 않아 뒤척이던 지훈은 주방을 찾았다. 커다란 밥통에는 그날따라 밥이 한 숟가락도 남아 있지 않았다. 허기에 실망감까지 겹쳐 더없이 무기력해진 지훈은 다시 방으로 향하던 중 복도에서 누군가와 마주쳤다. 그도 이미 주방에 들렀다 포기하고 밖에 나가 편의점에서 먹을 걸 사 오는 길인 모양이었다.

출출하지? 부스스한 머리에 큰 체구의 아저씨는 첫 대면인

지훈에게 다정한 한마디와 함께 두툼한 손으로 김밥 한 줄을 꺼내주었다. 편의점 비닐봉지에는 삼각 김밥과 컵라면, 소주 두 병이 담겨 있었다. 허기가 온정을 만나니 감동으로 벅차올라 지훈은 그 자리에 한동안 꼼짝도 않고 서 있었다. 그 아저씨가 바로 옆방 33호 주인이었던 것이다. 그가 건네준 굵직한 원통형 김밥은 편의점 김밥 중 제일 비싼 '황제 김밥'이었다. 비닐봉지에 담겨 있던 것 중에서도 가장 비싼 그걸 집어 선뜻 낯선 사람에게 건넸다는 건 황제 지위만큼이나 높은 인격이 아니면 불가능한 일이었다. 황제의 하사품이나 다름없는 김밥을 게 눈 감추듯 해치우고 나자 지훈은 33호 아저씨와 김밥 속 단무지와 오뎅처럼 친밀해진 느낌이었다.

그동안 비타민 음료 따는 소리로 여겼던 게 실은 소주병 따는 소리였다는 걸 첫 대면에서 알게 된 지훈은 33호에서 나는 작은 소리에 더 신경이 쏠렸다. 낮고 미세한 소리가 곧 황제의 안부인 셈이었다. 언젠가부터 황제는 일을 나가는 날보다 노는 날이 더 많아졌다. 옆방에 안 들리도록 조심스러워하는 그의 움직임까지 눈에 선했다. 하지만 그것도 술기운이 오르기 전까지였다. 오늘도 공쳤지 뭐. 그 한마디에 이어 딸깍 병마개 돌리는 소리가 한 번 더 나면 지훈도 반나절은 공치는 날이 되기 십상이었다. 더러는 33호 방에서 황제와 술친구로 마주 앉기도 했다. 그런 일이 잦아질 즈음 고모가 오피스텔 애기를 꺼낸 것이다.

황제를 떠올린 순간 발마사지기 주인을 제대로 찾은 것 같았다. 새벽 인력시장을 자주 찾는 그에게 요긴한 물건일 터였다. 고시원을 떠나오던 날 우유 한 팩과 바나나를 그의 방 손잡이에 걸어놓고 짧은 인사를 메모로 남기긴 했지만 그것만으로는 뭔가 부족해 보였다. 물품 박스를 찬찬히 바라보던 지훈은 그걸 어떻게 전할지 고민이었다. 점점 생각은 현실적으로 바뀌었다. 떠나온 마당에 또다시 그를 찾는다는 것도 어쭙잖은 데다 고시원은 이런 물건을 놓을 자리도 없다는 데 생각이 미쳤다.

고시원에서 이곳으로 옮겨 온 첫날밤이 떠올랐다. 짐 정리와 청소를 끝내고 늦은 시간 잠자리에 들었던 지훈은 이 건물 꼭대기층에 혼자 누워 있는 것 같았다. 초현대식 오피스텔을 고시원에 비할 건 아니지만 벽을 맞대고 있는 다른 방에서 아무런 소리가 들리지 않았던 것이다. 꼭대기층이긴 해도 좌우 옆방과 아래층까지, 삼면은 다른 방과 벽을 맞대고 있었지만 인기척은 물론 물소리나 현관문 여닫는 소리조차 들리지 않았다. 잘 지은 새 아파트도 사소한 생활 소음은 있게 마련이건만 그 낯선 고요가 숨이 막힐 정도였다. 고시원으로 돌아가고 싶었다. 황제 아저씨와 그의 방에서 조용히 주고받던 소주 생각도 간절했다.

잠자리를 털고 일어난 지훈은 담배를 챙겨 들고 건물 밖으로 나갔다. 거리는 칠흑처럼 어두웠다. 주변 건물에도 불 켜진 창이 거의 없었다. 늦은 시간이어선지 공실 때문인지 알 수 없었다. 드문드문 가로등이 서 있긴 했지만 그것만으로 주변 어둠을 몰아내기는 역부족이었다. 도시의 밤은 가로등뿐 아니라 무수한 상점의 진열장과 네온사인, 자동차, 빽빽하게 들어찬 아파트 등등 온갖 불빛이 다 함께 모여 어둠을 밝히기 때문에 휘황했던 것이다.

낯선 곳에서의 첫날밤이 순조로울 수는 없을 거라고 생각하며 지훈은 오피스텔 단지 주변을 천천히 거닐었다. 어둠이 짙어 별들은 더 밝고 총총했다. 어릴 적 시골에서 보던 밤하늘 같았다. 파라다이스 시티 역 근처에 이르자 지훈의 오피스텔 건물 전체가 한눈에 들어왔다. 지훈의 방 외에도 불빛이 흘러나오는 창이 더러 보였다. 그중에는 912호에서 원목 의자를 가지고 갔던 남자, 또는 프라이팬 청년의 방이 있을 수도 있었다. 그 큰 건물에 지훈 혼자는 아니었던 것이다.

*

“어, 여기 웬일이세요?”

편의점에 들어선 지훈이 계산대를 보고 놀라 말했다. 늘 보던 파란 모자 청년이 아니라 한지영이 그 자리에 있었던 것이다. 목이 유난히 길고 가녀린 몸매의 그녀를 지훈은 금세 알아보았지만 그녀는 눈을 멀뚱거릴 뿐이었다. 마스크에 모자까지 쓴 지훈을, 그것도 한 달 전에 잠깐 봤으니 못 알아보는 건 당연했다. 그동안의 소통도 휴대폰 속 목소리가 전부였으니……

"지난번에 통화했었죠. 발마사지기 문제로."

"아, 그 조카분."

한지영은 그제야 지훈을 알아보고 반가워했다.

"이전에 일하던 청년이 무슨 사정이 생겼나 보죠?"

지훈은 그동안 자신이 이곳 단골이었다는 사실과 함께 알바생에 대한 궁금증을 떠올렸다. 늘 주식에 빠져 있던 그 파란 모자가 드디어 대박을 터뜨렸나 싶기도 했다.

"아, 지난번 그 친구는 원래 공항 시설팀에서 일하던 친구였는데, 편의점은 그동안 임시로 있었고 이제 골프장에서 일하게 됐대요. 새 골프장이 또 하나 오픈 준비 중이거든요. 그래서 어제부터 내가 파트타임으로, 낮 시간에 일하게 됐어요."

혹시 그녀가 편의점 주인이 아닐까, 했던 지훈의 의문은 금세 풀렸지만 뭔가 아쉬웠다. 한지영이 편의점 주인으로 어울리는 건 결코 아니었지만 편의점에서 파트 타임으로 일하는 사람 이미지는 더더욱 아니었다.

"골프장은 이런 팬데믹 상황에도 아무 문제가 없나 보죠."

지훈은 그동안 철책 너머로 봐왔던 골프장 광경을 떠올리며 말했다.

"여기서는 그곳만 요즘 잘나가요. 해외로 못 나가 국내 골프장이 포화 상태래요. 덕분에 일거리가 종종 생겨 우리 같은 사람한테 효자인 셈이죠."

"어떤 일거리요?"

지훈이 들여다본 골프장은 스프링클러와 전동 카트 외에 사람이 하는 일이라곤 캐디 역할밖에 떠오르지 않았다.

"잔디 심거나 잡초 제거하는 일처럼 손 가는 일들이 많죠. 거기야 잔디가 생명이니까요."

한지영은 그런 일에 익숙한 듯 스스럼없이 말했지만 지훈은 그녀가 잡초 뽑는 일을 한다는 사실이 낯선 정도가 아니라 왠지 부당해 보이기까지 했다.

"일이 꽤 힘들 것 같은데요."

지훈은 끝없이 이어지던 초록 필드를 떠올렸다.

"손 놓고 있는 것에 비하면 행운이죠. 오래 놀면 자칫 폐인 되기 쉬워요. 술에 빠지기도 쉽고요."

그녀의 말에 지훈은 뜨끔했다. 요즘 들어 '혼술'이 부쩍 늘고 있었던 것이다. 일과 끝낸 후 유일한 낙이 캔 맥주 하나 마시는 것이었지만, 술이란 몸속에 들어가면 제멋대로 사람을 조종하게 마련인지라 첫 캔이 두번째 캔을 부르고 두번째가 다시 셋째 캔으로 이어지고……

"팬데믹이 언제 끝날지도 모르는데, 공항이 정상화되기까지는 무슨 일이든 해야죠."

그녀가 한마디 더 덧붙였다.

"원래, 무슨 일, 하셨는데요?"

기회를 놓칠세라 지훈이 은근슬쩍 물었다.

"아, 게스트하우스 운영했죠. 공항 이용객들 상대로 하는 그런 게스트하우스 여기 꽤 있어요."

실마리가 풀릴 것 같은 내답이 흘러나오는 순간, 손님이 들어왔다.

"어서 오세요."

환대하는 그녀의 목소리에 편의점 분위기가 환하게 살아났다.

지훈은 맥주가 든 냉장고 문을 열려다 멈칫하고는 유제품 진열대 쪽으로 옮겨갔다. 맥주를 포기하고 대신 우유와 생수를 집었다.

"앞으로 종종 보겠네요."

한지영이 물건을 건네며 말했다.

편의점을 나오는 지훈의 기분이 묘했다. 이사와 함께 끝난 줄 알았던 이전 세입자와의 인연이 끊어질 듯 계속 이어지고 있는 것이다. 새로운 이웃의 등장이 반갑기만 한 것도 아니었다. 33호를 벗어나니 912호로 인연이 이어질 줄이야. 그래도 다행인 건 새 인연이 33호보다는 좀 더 건강하고 밝아 보인다는 점이었다.

*

늦가을 아침 기온이 꽤 쌀쌀했다. 골프장 철제 펜스를 따라 지훈은 조깅을 하고 있었다. 더 추워지기 전에 하자고 마음먹고 며칠 전부터 시작한 아침 운동이었다. 이미 퇴색한 주변 공터의 덤불숲과는 달리 펜스 안쪽 골프장 잔디는 파릇파릇 싱그러웠다. 멀리 초록 둔덕이 융단처럼 물결치고 있었고 곳곳의 스프링클러에서 뿜어져 나온 물방울이 아침 햇살에 반짝이며 잔디를 적시고 있었다. 달리는 동안 지훈의 시선은 곧잘 골프장 푸른 잔디에 머물렀다. 계절을 비웃는 듯한 초록 잔디의 넘실거리는 물결 위로 사람들이 벌써 라운딩 중이었다. 이 시간에 저토록 완벽한 차림과 장비를 갖춘 채 필드를 누빌 정도면 저들은 대체 몇 시에 일어나 준비하고 이곳까지 온 것일까. 지훈은 잠자리에서 막 빠져나와 트레이닝복만 간신히 걸치고 나온 자신과 그들을 비교하며 부지런함만으로도 그들이 펜스 안 영지를 누빌 자격이 있다는 생각이 들었다. 가끔 파란 모자 청년이나 한지영을 볼 수 있지 않을까, 눈길을 주지만 골퍼들 외에 가장 눈에 잘 들어오는 건 그린의 깃 발이었다.

지훈은 책상 앞에 앉아 있는 시간을 빼면 주로 공항과 업무 단지 주변의 드넓은 광장과 산책길을 거닐며 시간을 보냈다. 이곳에서 할 수 있는 게 그것밖에 없기도 했지만 달리 생각하 면 이곳이어서 가능한 일 같기도 했다. 공항과의 관계도 이곳 생활에서는 떼려야 뗄 수 없었다. 반 폐쇄 상태여도 공항은 이 업무단지에 비하면 역세권 복합 쇼핑몰이나 다름없었다. 공항 근무자들이 낮이 이용하는 지하의 푸드 코트는 메뉴가 다양했고 가격도 예전에 비하면 많이 착해진 것 같았다. 지훈 은 공항 터미널에서 점심을 해결했다. 숙소와 공항을 오가는 길에 펼쳐지는 텅 빈 주차장 모습과 한산한 거리 풍경도 매일 접하니 친근해졌다. 동선은 단순해도 발품의 반경은 엄청났 다. 골프장만 빼고 밟고 다니는 곳은 모두 지훈 자신의 영지 같았다. 산책길에 휴대폰을 벤치에 놓고 오는 바람에 오늘은 광장 숲을 두 바퀴나 돈 셈이었다. 산책을 끝내고 들어오는데 다리가 후들거렸다.

지훈은 현관 옆에 세워둔 택배 박스를 풀기로 했다. 마침내 그것이 필요해진 것이다. 스티로폼 박스를 벗겨내자 족욕 겸 용 발마사지기가 제 모습을 드러냈다. 적외선 램프에 스파 기 능까지 있는 제품이었다. 사용설명서를 찬찬히 읽은 다음 지훈은 족욕기에 물부터 채웠다. 온도 조절을 하고 적외선 램프를 켜자 환상적인 불빛까지 흘러나왔다. 두 발을 차례로 족욕기에 담갔다. 버블이 일면서 물이 점점 따뜻해왔다. 피로가 어깨와 등을 타고 종아리로 내려와 발끝에서 녹아내리는 느낌이었다. 나른한 편안함이 밀려들었다. 눈을 감자 이곳에 오던 첫날의 이사 장면이 어른거렸다. 꼬리를 물고 나타나 각자의 이삿짐 하나씩을 챙겨 들고 흩어져 가던 이웃 사람들……그 속에 지훈도 끼어 있었다. 912호 물건 중에서 가장 요긴하고 값진 물건을 가슴에 안은 채 지훈은 잊고 있었던 파라다이스를 향해 천천히 걸음을 내디뎠다.

고수들

그는 욕조에 비스듬히 앉아 티브이 화면에 시선을 고정하고 있다. 허공을 가르는 세찬 물줄기, 그 주변의 미세한 물방울 입자들이 햇빛에 보석처럼 반짝인다. 다음 장면은 코브라의 쩍 벌어진 입이다. 코브라의 입에서 뿜어져 나온 저 투명한 물줄기는 독입니다. 해설자의 설명이다. 코브라가 내뿜은 독이 사자의 눈에 명중한다. 파충류 중에서도 진화된 것들만 독을 갖죠. 해설이 이어진다. 코브라가 독을 뿜는 건 공격이 아니라 방어의 순간이고요.

그는 화면에서 시선을 떼지 못한다. 눈부시도록 맑고 투명한 저 물줄기가 독이라니, 하면서도 그는 독은 그래야만 할 거라고 생각한다. 곧이곧대로 해서야 저보다 힘센 상대와 어떻게 맞설 수 있을라고. 카메라는 코브라의 독을 맞은 사자를 집요하게 따라잡는다. 독이 온몸으로 번져가는지 사자가 고통에 몸부림친다. 발작과 경련을 일으키며 날뛰던 사자는 결국 바닥에 고꾸라진다. 백수의 왕이 코브라의 독에 처참하게 무너져 내린 것이다. 바닥을 기는 뱀도 백수의 왕을 만났을 때 비책이 있었던 것이다. 그런 걸 누구는 '신의 섭리'니 '진화의 산물'이니 하며 이름을 붙일 터였다. 널브러진 사자의 시취를 맡은 산 것들이 기다렸다는 듯 달려든다. 까마귀 떼와 파리 떼가 날아들고 땅속에서는 들쥐나 개미가 사자의 살점이 완전히 없어질 때까지 끊임없이 줄지어 들락거릴 것이다. 맨 나중에 남은 뼈는 긴긴 시간 햇빛과 바람의 먹이가 될 터였다.

이 욕실 벽면에 부착된 모니터를 처음 보았을 때 그는 고개를 갸웃했다. 하지만 반신욕을 시작하고부터는 이 시스템화된 주거 시설 가운데 단연 신의 한 수로 보였다. 서서히 데워지던 몸이 어느 순간 후끈 달아오르면서 온몸이 나른해온다. 잠에 빠져들지 않도록 그는 서둘러 몸을 일으키고 욕조를 벗어나 냉수 샤워를 한다. 온몸의 근육과 신경을 찬물로 일깨우면서 반신욕을 마무리하는 것이 그의 방식이다.

옷장 문을 열자 일렬로 늘어선 양복과 와이셔츠가 한눈에 잡힌다. 이곳에 들어오고 아직 손 한번 댄 적 없는 것들이다. 외출다운 외출이 한 번도 없었다는 얘기다. 이곳 친구들과 식사 후 주변 산책로 오간 게 전부였다. 모처럼의 이 외출은 전날 받은 낯선 전화 한 통의 결과다.

"감효준 선생님 휴대폰이죠?"

낯선 번호에도 그는 모처럼의 호명이 반가운 나머지 네, 접니다만, 하고 선뜻 나섰다.

"○○경찰서입니다. 저는 이시우 형사구요."

순간, 보이스 피싱, 이란 말이 그의 뇌리에 스쳤다. 이곳 입주자들 사이에 요즘 가장 많이 오가는 애깃거리였다.

"한명애 씨 아시죠?"

낯선 이름이 더 의심을 낳았다.

"참, 한명애는 본명이고, 주로 한지수라는 가명을 썼더군요. 한지수, 아십니까?"

경찰서와 형사, 그리고 한지수가 나란히 놓이자 그는 '때늦은 기시감'에 젖는다. 진작 일어났어야 할 일이 뒤늦게 찾아오기라도 한 듯.

"한번 방문해주셔야겠습니다. 참고인 신분으로요."

형사의 한마디가 다시 현실을 일깨웠다.

여든을 코앞에 두고 '경찰서 출두'라. 유쾌하지 않은 이 느닷없는 일이 그는 이상하게도 구미가 당겼다. 누군가의 호명이 일깨운 자신의 존재감도, 모처럼의 외출도 무료한 일상을 비집고 든 귀여운 불청객 같았다.

옷걸이에 걸린 여러 와이셔츠 중에서 그의 눈길은 화사한 연보라색에 머문다. 꽃샘추위가 변덕을 부리긴 해도 봄이 오는 길목이니 그게 어울릴 것 같았다. 이 와이셔츠를 포기할 뻔했던 기억이 떠오르자 회심의 미소가 절로 난다. 짐은 여행가방 두 개 분량이면 됩니다. 더 많이 가져오신 분들은 나중에 다들 후회하시거든요. 입소 확정 소식을 전하던 매니저가 진심을 담아 조언했다. 새로운 삶에 대한 기대로 잔뜩 부푼 자신에게 매니저의 조언은 세속적 욕망이나 희망 같은 건 일찌감치 포기하라는 말처럼 들려 비위가 상하긴 했다. 최소 이 년은 기다려야 할 만큼 인기 높은 고품격 주거 시설을 요양병원 취급하다니…… 재산권 침해이자 인권 침해였다. 감효준은 매니저 말을 보란 듯 거스르며 여행가방 세 개를 들고 왔다. 자신의 선택이 옳았음을 보여주는 연보랏빛 와이셔츠를 걸치며 그는 외출 준비를 한다.

*

이시우는 반사적으로 자세를 고쳐 앉았다. 성성한 백발의 노신사가 사무실로 들어서는 모습을 보면서였다. 칙칙한 사무실이 아침에 커튼을 열어젖힌 것처럼 환해졌다. 노신사는 연보랏빛 셔츠에 짙은 카멜색 세무 점퍼 차림이었다. 지팡이를 짚었어도 허리는 꼿꼿했고 걸음걸이는 반듯했으며 주름진 얼굴은 건강한 혈색이었다. 눈빛도 살아 있었다. 밝고 단아한 멋이 우러나는 노신사였다. 한발 앞서 다녀간, 더 젊고 더 돈 많고 허우대 좋은 사람들한테서 찾아볼 수 없던 당당함과 여유가 온몸에서 묻어났다.

"경찰서는 육십 년 만에 처음이군요."

노신사는 실내를 둘러보며 삼회 어린 목소리로 운을 뗐다. 뒤늦게 고향을 찾은 자수성가한 사람 같은 뉘앙스였다.

"큰 사업체 대표였던 분이 그동안 한 번도 이런 곳 출입을 안 하셨다니 의외군요. 감효준 선생님 맞으시죠."

이시우는 그 세계를 잘 알고 있다는 듯 말하고는 자신의 명함을 내밀었다.

"우리 같은 사람들 주변에야 널리고 널린 게 불법의 유혹이죠. 법과 규범이 워낙 발목을 잡아대니 말입니다."

노신사는 이 형사의 말을 인정한다는 듯 말했다.

"육십 년 지켜오신 명예에 누를 끼치게 되어 면구스럽습니다."

이 형사는 감효준이 앉을 자리를 만들어주고 자신은 그 건너편에 자리했다.

“그러고 보니 휴일이군요. 경찰서치고 퍽 조용하다 했습니다.”

노신사는 주위의 빈자리들을 둘러보며 말했다.

“마침 저도 당직이고 해서 어르신 시간에 맞출 수 있었습니다.”

이 형사는 노신사의 깐깐한 성미에 맞춰 애써 잡은 약속임에도 그렇게 둘러댔다. 이번 사건의 핵심 인물인 만큼 그에 맞는 대접이 따라야 했던 것이다.

노신사 옆 의자에 기댄 지팡이가 제일 먼저 이 형사 눈에 들어왔다. 반들반들 윤이 나는 흑단색 손잡이 아래쪽에 황금빛 링이 둘러져 있는 지팡이였다. 자신의 눈썰미가 맞다면 독일제 지팡이 ‘가스트록’이었다. 너도밤나무를 깎아 수십 가지 공법을 거치며 장인의 손으로 만들어진 가볍고 단단한 명품 지팡이. 지난해 가을 아내와 함께 장인어른 칠순 선물을 사러 들렀던 백화점의 한 노인 용품 코너에서 보았던 물건이다. 할부를 해도 부담스런 가격이라 결국 국산 지팡이를 집어 들 수밖에 없었다. 중국산 아닌 게 어디야. 명품을 강조하며 나섰던 아내는 결국 자신이 누구 편에 서야 하는지 잘 안다는 듯 말을 바꾸었다. 지팡이는 노신사 옆에서 아름드리나무라도 되듯 존재감을 발했다.

“어르신의 화사한 셔츠 덕에 사무실이 훤해졌습니다.”

190

이 형사는 노신사에게로 시선을 옮기며 덕담을 건넸다.

"형사는 누구든 용의자로 보는 직업병만 있는 줄 알았는데, 옷차림에도 관심이 있군요. 실은 이 연보라색 셔츠를 선물해 준 사람이 한지수요. 이 정도면 아주 성의 있는 참고인 태도 아닙니까."

감효준이 웃으며 이 형사의 덕담에 답했다.

"아, 그러시군요. 세심함이 역시 성공한 사업가다우십니다. 커피 한잔하시겠습니까."

감효준이 고개를 끄덕이자 이시우는 일어나 커피메이커가 있는 쪽으로 갔다. 가는 길에 그는 노신사의 지팡이를 슬쩍 뒤쪽 의자로 옮겨 걸쳐놓는 걸 잊지 않았다. 지팡이와 정면으로 마주하는 게 불편했던 것이다.

"어르신, 한지수가 사기죄로 고소당했습니다. 지금까지 한지수한테 당한 게 얼마나 되십니까?"

이시우가 커피 한 잔을 노신사 앞에 놓으며 단도직입적으로 물었다.

"당하다니, 뭘 말이요?"

감효준의 반문에 이 형사는 주춤했다. 질문 자체를 문제 삼는 듯한 어조에 이시우는 자신의 접근 방식이 적절치 않은 걸 깨달았다. 한지수가 선물한 셔츠까지 걸치고 온 이 노신사의 의중을 더 정교하게 헤아려야 했던 것이다.

방어벽을 확실하게 치고 난 감효준은 커피를 들고 천천히 마시기 시작했다. 여유 부리듯 커피를 입속에서 음미하고 있노라니 옛 기억이 잔잔히 밀려들었다. 병실 풍경이 어른거렸다. 의사와 간호사의 흰 가운부터 침대 시트, 사방 벽면까지 눈 덮인 겨울 들판처럼 차갑게 가라앉아 있던 병실이 단번에 봄 동산으로 변했다. 꽃다발을 한 아름 가슴에 안은 지수가 들어서면서였다. 쑥부쟁이 같아 보이죠? 그런데 국화라네요. 보랏빛 국화 한 다발이 병실을 에덴동산으로 만들어놓았다. 그녀가 내민 꽃다발을 안고 효준은 예의상 향기를 맡아보았지만 아무런 향기도 없었다. '아스타'라는 외래종 국화인데 향은 없대요. 그러니 벌이나 나비 같은 곤충들한테 인기는 없었을 거예요. 지수가 말했다. 그러면 번식은 어떻게 하누. 효준이 받았다. 씨 퍼뜨리는 게 그 방법밖에 없을라고요. 바람도 있고 비도 있을 테고…… 꽃다발을 창가 유리병에 꽂아놓으며 지수가 중얼거렸다. 하긴, 그러니 이 척박한 세상에서 살아남았을 테지. 효준이 중얼거렸다.

"어르신, 스무 명 넘는 피해자들이 한지수를 고소했습니다."

이 형사가 생각에 잠긴 감효준을 일깨웠다.

"그들이 고소했다는 사기 사건이 대체 어떤 걸 말하는 거요?"

감효준이 따지듯 물었다.

"사기도박 말입니다. 그것도 전형적인 꽃뱀 수법의."

이 형사도 물러설 수 없다는 듯 대꾸했다.

"한지수가 나중에 꽃뱀이 되었는지 카멜레온이 되었는지는 모르겠소만, 내가 알던 그 친구는 그런 여자가 아니었소. 나와는 연락이 끊긴 지도 오래됐고……"

감효준은 분명하게 선을 그었다.

이 형사는 자존심깨나 있어 보이는 이 노신사의 입을 여는 게 결코 쉽지 않음을 직감했다. 이런 유형은 자신이 누군가에게 당했다는 사실 자체를 인정하기 싫어한다. 아니 수치스러워한다. 엎질러진 물을 다시 담을 수 없을 바에는 마르도록 놔두는 게 피해를 최소화하는 방법이라고 여길 터였다.

"한지수가 자백했습니다. 첫 범행 대상이 감효준 대표님이었다고요."

이 형사가 물증을 들이밀듯 말했다.

"허어, 이거 참, 첫사랑도 아니고 첫 범행 대상이 나였다니…… 그래도 '첫'이라는 말이 붙으니 기분이 나쁘진 않군요."

감효준은 껄껄 웃으며 여유를 보였다.

그의 반응에 이 형사는 비위가 상했다. 다들 파렴치범으로 모는 용의자를 유독 이 노신사만 호의적으로 말하는 게 가진 자의 여유로 보이는 건 물론, 형사인 자신과 다른 이들이 상대적으로 격이 낮아지는 모양새였던 것이다. 팔십 평생을, 그것도 사업가로 산전수전 다 겪으며 살아왔을 그가 젊은 꽃뱀에 대해 여전히 순정을 갖고 있을 리는 없다는 게 이시우의 확신이었다. 그가 현실을 인정하려 들지 않는 건 순전히 체면과 자존심 때문일 거라고 생각했다. 감효준이 여유를 부릴수록 이시우의 자의식과 직업의식은 더 곤두섰다. 범법자라면 처벌은 당연하고 형사란 직업은 그렇게 함으로써 정의를 실현하는 사람이라는 소명의식에 한 치의 의심도 없는, 남들로부터는 고지식하다는 평까지 듣는 이 형사였다. 그는 감효준의 생각이 착각에 지나지 않음을 일깨워주는 건 물론 가진 자의 여유가 어디까지인지 그 한계를 보고 싶다는 오기까지 생겼다.

"한지수와는 어떻게 시작한 인연인가요?"

이 형사는 한 단계 톤을 낮추어 부드럽게 접근했다.

"내가 다니던 골프장 도우미였소."

"여행사 가이드가 아니고요?"

자신이 아는 정보와 다르자 이 형사는 눈을 치켜떴다.

"첫 인연은 골프장에서요. 벌써 삼십 년 전 일이요."

그 말과 함께 효준의 기억은 다시 과거로 훌쩍 넘어갔다.

사업상 스쳐 간 숱한 사람과 마찬가지로 그에게는 한지수역시 라운딩 후 봉사료 지불과 함께 끝나는 관계 그 이상도이하도 아니었다. 성격상 그는 일 외의 관계를 만드는 걸 좋아하지 않았다. 일이 끝나면서 청구서와 함께 정리되는, 뒤돌아볼 이유가 없는 그런 담백한 인간관계를 좋아했다. 그런 점에서 감효준은 타고난 사업가였다. 이십오 년 결혼 생활의 아내와 헤어질 때도 그랬다. 아내가 내민 이혼 서류에 그는 그것이 계약 기간 만료 문서라도 되듯 선선히 도장을 찍었다. 아내가 요구한 재산 분할에도 그는 아무런 이의를 달지 않았으므로 다툼 한마디 없이 갈라설 수 있었다. 이혼이 어려운 것도 복잡한 감정과 그보다 더 복잡한 재산 문제 때문일 터였다. 그들 사이에 혈육은 없었고 이십오 년 결혼 생활의 여느 부부처럼 덤덤한 감정도 한몫했다. 더욱이 돈 문제라면 그는 누구보다 계산이 정확했다. 숫자에 감정을 개입시키지 않았다. 계량적 수치에 따르는 사소한 욕심, 그것이 십중팔구 일을 그르치게 한다는 걸 그는 누구보다 잘 알고 있었다. 사업이든 인간관계든 담백하고 명쾌한 걸 좋아했다. 애매한 관계 맺기나 거래는 처음부터 하지 않았다. 인간적 면모라면 마지막 순간 아내의 눈에 비친 눈물이 전부였다. 익숙지 않은 정서적 반응에 그는 순간적으로 당황했지만 자존심 강한 아내가 서둘러 돌아서는 바람에 이내 풀려났다. 자식이 있었더라면 어땠을까. 그런 가정도 당시에는 해보지 않았다. 그에겐 눈앞에 없는 것을 생각하고 고민할 만큼의 여유가, 무엇보다 시간적 여유가 없었다. 그의 일분일초는 오롯이 자신의 일에 바쳐졌고 그 덕에 사업은 시작부터 거침없는 고공행진이었다. 골프장을 드나든 것도 순전히 비즈니스가 목적이었다. 몸집을 키워가는 사업 외에는 아무런 관심도 흥미도 없던 시절이었다. 접대를 위한 업소에 숱하게 드나들었어도 술도 여자도 가까이 하지 않았다. 스스로 정해놓은 원칙에다 결벽증까지 더한 결과였다. 성공에 대한 엄청난 욕망이 한편으로는 금욕 생활을 낳았다. 골프장 단골 도우미라고 다를 것도 없었다. 한지수도 그중 하나였다.

"사고 후 골프장 일을 그만뒀고 그 후에 직업이 바뀌었나 봅디다."

감효준의 이야기를 듣기만 하던 이 형사가 한마디 했다.

라운딩 중 일행을 기다리며 효준이 새로 산 드라이버로 시험 스윙을, 그것도 전동 카트 앞에서 했던 게 실수였다. 카트 이동을 위해 도우미가 가까이 와 있는 줄 몰랐던 것이다. 힘껏 휘두른 드라이버가 뒤에 있던 도우미 얼굴을 쳤고 날카로운 비명과 함께 주저앉는 그녀를 본 그가 놀라 황급히 다가서다 카트에 부딪쳐 경사로에서 굴렀던 것이다. 피해자와 가해자가 나란히 구급차에 실려 간 흔치 않은 사고였다.

그 일로 효준은 난생처음 병원 신세를 지게 되었는데 그것이 군대 휴가 이후 맞은 첫 휴가였다. 사회에 첫발을 딛고부터 그는 내내 브레이크 없는 삶이었다. 깁스한 다리를 바라보며 효준은 처음으로 아내의 빈자리를 실감했다. 결혼 생활 이십오 년 동안 아내는 문지기와 가사 도우미 역할이었고, 효준 자신은 일하는 기계에 지나지 않았던 것이다. 남들처럼 결혼 생활이라고 내세울 만한 '꺼리'가 없었다. 신혼여행부터 그랬다. 계약을 따내기 위한 출장지로 신혼여행을 갔고 계약 성사 후 거래처 대표와 술자리를 갖느라 새벽에야 호텔로 돌아가 첫날을 보냈다. 아내는 두고두고 그 일을 애깃거리 삼았지만 남편의 사업가 기질을 남들에게 내세울 때에 한해서였다. 남편이 도둑이면 아내는 도둑년이 되어야 한다고 어느 소설에 나와 있더라고요. 아내가 웃으며 남들에게 곧잘 하던 말이었다. 감정이 오갈 시간도 없는 결혼 생활이었지만 아내는 훌륭한 조력자였다. 25주년 결혼기념일에 아내가 헤어질 결심을 내비쳤을 때는 너무도 뜻밖이었다. 남자가 생겼나? 단 한 번도 해보지 않았던 의심이 순간적으로 스치기도 했다. 믿기지 않아서인지 분노도 일지 않았다. 시간이 지날수록 효준은 아내의 결정이 이해되었다. 목표를 향해 숨 가쁘게 달려왔던, 일생을 바쳐 이루었던 일이 돌이켜보니 한낱 돌무더기처럼 보였다. 그깟 돌무더기나 흙더미를 피라미드라도 만든 것처럼 착각에 빠져 살아온 셈이었다.

퇴원 축하드려요, 사장님. 마지막 날에도 한지수는 꽃다발을 한 아름 안고 효준의 병실을 찾았다. 이번에는 노란 토종 국화였다. 토종답게 국화 향기가 병실을 가득 메웠다. 피해자가 가해자를 위로하는 아이러니한 상황이었지만 그때까지만 해도 그는 지수의 친절을 골프장 측의 세심한 회원 관리로 여겼다. 병원에 같이 실려 온 지수는 안면 윤곽수술까지 받았음에도 골절상 당한 효준보다 일찍 퇴원했고 그 후 간간이 효준의 병실을 찾아와 안부를 묻거나 간호사에게는 기대할 수 없는 간병 서비스도 해주곤 했다. 그런 친절 역시 회사 차원의 배려로 이해했다. 하지만 아니었다. 저도 지금은 골프장 일 그만둔 실업자예요. 산재 처리만 남았어요. 지수를 통해서야 그간의 병문안이 순전히 그녀 개인의 친절이었음을 알 수 있었던 것이다.

그래, 백수 생활은 할 만한가? 효준의 물음에 지수는 미소부터 지었다. 네. 손에서 막 풀려난 풍선처럼 하늘로 날아오르는 기분이에요. 지수의 환한 미소가 병실을 훤히 밝혔다. 퇴원 후 회사로 직행하려던 효준의 생각이 갑자기 바뀌었다. 꽃의 화사한 빛깔과 향기, 그리고 지수의 웃음, 어느 하나 놓치고 싶지 않았다. 이전과는 다른 삶을 살아보고픈 충동이 문득 일었다. 입원 동기끼리 내친김에 여행이나 떠나는 거 어때, 한지수 씨? 갑작스런 제안에 지수는 잠시 얼떨떨해하며 생각에 잠겼다. 그러다 이내 명쾌하게 답했다. 네, 좋아요, 사장님. 실업자의 특권을 맘껏 누려야죠. 둘은 의기투합해 그

길로 퇴원 기념 여행을 나섰다.

"단둘이 한 여행은 그것이 처음이자 마지막이었소. 일주일 간의 여행에서 돌아오고 한지수는 이내 떠나버렸으니 말이 오."

감효준은 둘의 관계가 그리 깊지도 길지도 않았음을 털어 놓았다.

"그 뒤로 한지수가 다시 나타난 건 언제였나요?"

이 형사 질문에 효준은 다시 생각에 잠겼다.

"그로부터 한 오륙 년 지나서였지, 아마……"

효준에게도 지수의 재등장은 뜻밖이었다. 불쑥 나타난 그녀가 내민 명함에는 '○○여행사 대표 한지수'로 돼 있었다. 사장님, 그땐 정말 감사했어요. 도움 덕분에 그걸 밑천 삼아 제가 이렇게 당당하게 홀로서기 할 수 있었답니다. 지수는 당시의 은혜를 잊지 않고 있다는 듯 깊이 머리를 조아렸다. 풋 풋한 이십대에서 관록 있어 보이는 삼십대 중반의 커리어 우 먼으로 변해 있는 그녀의 세련되고 당찬 모습에서 그는 사라 진 옛 분위기가 어른거려 서운하기도 했지만 한편으로는 같 은 사업가로서의 동지애 같은 것도 생겼다.

"해외 도박 여행은 그럼 한지수의 재등장과 함께 시작되었 나 보군요."

이 형사가 넘겨짚듯 말했다.

"도박이 아니라 해외 골프 여행이었소. 한지수가 이전의 경력을 밑천 삼아 만든……"

감효준이 이 형사의 말을 바로잡았다.

"도우미 경력을 사업 밑천으로 삼을 정도였으면 꽤 신뢰를 쌓았던 모양이군요."

이 형사가 반신반의하며 말했다.

"서비스업이야말로 전문직이란 걸 깨닫게 해준 이가 한지수였소. 골프장 시절도 그랬고 여행사를 하면서도 지수는 그 업종에서 단연 고수였소. 형사님도 잘 아시겠지만 고수는 쉽사리 자기 직업의식을 팽개치지 않지요."

골프장 근처에도 한번 가본 적 없는 이 형사는 감효준의 말이 쉽게 와닿지 않았다. 더욱이 한지수를 전형적인 꽃뱀으로 모는 다른 피해자들 입장과는 간극이 커도 너무 컸다.

"서비스업계 고수의 자질은 어떤 건가요?"

"캐디든 여행사 가이드든 사람 상대하는 일이야 일맥상통하는 거 아니겠소. 눈썰미도 있어야 하고 손놀림도 빨라야 하지요. 립 서비스도 적절하게 해야 하니 순발력에 표현력도 있어야 하고…… 사실 그런 자질 못지않게 중요한 건 사람을 대하는 태도의 진정성이오. 한지수는 그것까지 갖추었지요."

"그런 거야 직업상 계산된 행동일 수도 있지요."

이 형사가 감효준의 환상을 일깨우려는 듯 받았다.

"계산된 의도든 그건 내 알 바 아니오. 날 상대로 사기를 쳤다 할지라도 내가 그걸 즐기고 누렸다면 나는 기꺼이 대가를 지불할 수 있소. 설령 한지수가 그랬다 해도 마찬가지요. 다른 이들은 자신을 피해자로 생각하는지 모르겠으나 나는 내가 지불한 돈만큼 누린 소비자였을 뿐이오."

"하긴, 그런 걸 인정하는 판사도 있긴 하더군요. 억대 판돈의 내기 골프에 대해 이전 판례를 뒤집고 도박이 아닌 놀이의 감흥을 높이기 위한 순수한 레저였다는, 그야말로 도발적 판결을 내린 판사가 있었죠."

"나도 같은 생각이오. 그건 골프 실력을 겨루는 개인 간 시합이잖소. 흥을 돋우기 위한 금액이 좀 컸을 뿐."

"어르신께서 누리신 그게 밑밥이라는 걸 알긴 하셨다는 말씀이시죠?"

"밑밥을 청한 장본인이 나였소. 카지노도 하우스도 내가 원해서 간 거요. 지수는 나한테 도박을 권한 적이 한 번도 없었소. 일행 몇몇이 중독 증상을 보이길래 나도 호기심에 한번 가본 거요. 해보니 재밌긴 합디다."

"일행 중 절반은 고객이 아니라 같은 일당들이었습니다. 그들은 어르신께 유난히 뜸을 오래 들였던 모양입니다."

"아무리 작전세력이 붙어도 나는 내키지 않는 일은 못하는 사람이오. 사업이든 사람 사귀는 일이든."

“결국엔 게임 테이블에 앉으셨잖습니까. 하우스까지 가셨고요.”

“하우스도 내가 원해서 간 거요. 문득 나 자신이 궁금해지더란 말이오. 나도 도박에 빠져들 수 있는 인간일까, 하는……”

“스스로를 시험대에 올린 그 자체가 도박이었군요.”

“그런 셈이오. 마침 공돈도 생겼고.”

“공돈이요?”

“이혼한 아내의 유산이 내게로 왔습디다. 내가 나눠주었던 재산 그대로. 허허.”

이 형사는 믿기기 않는다는 표정이었다.

“돈 쓸 일이 세상에 널리고 널렸는데, 한 푼도 안 쓴 채 그대로 말이오. 아내는 결혼 생활 때와 마찬가지로 혼자 외롭게 살다가 암으로 세상을 떠났더군요.”

감효준은 잠시 말을 멈추고 커피잔을 들었다.

“이혼한 남편을 상속자로 하다니, 사모님도 보통 분은 아니셨군요.”

“유산이 아니라 빚을 떠안은 기분이었소. 아내가 나한테 보란 듯 복수를 한 셈 아니오?”

“그게 부담스러워 거액의 유산을 도박으로 날리신 건가요?”

“로또 당첨자 열에 아홉은 큰돈을 주체 못해 결국 헛되이 날린다고 합디다. 나라고 뾰족한 수가 있었겠소.”

감효준이 너털웃음을 지었다.

"자신을 건 도박에서 다 날렸으니 결과적으로 완패네요."

지쳐 허점을 보이는 상대에게 잽싸게 파고들어 어퍼컷을 날리는 권투선수처럼 이 형사가 말했다.

"날렸다고 볼 순 없소. 수업료가 좀 비쌌을 뿐이지."

감효준도 재빨리 얼굴을 뒤로 빼며 방어했다.

"그 정도로 비싼 수업료를 내는 수업의 내용은 대체 어떤지 궁금합니다."

이시우도 뒤로 한발 물러났다.

"내가 평생 해왔던 일이 게임 테이블에 그대로 펼쳐져 있더 군요. 그 사실이 일단 흥미로웠소. 그때까지의 내 삶이 한눈 에 파악되는 판이었다고나 할까. 게이머와 카지노의 딜러, 테 이블 주위에 포진한 보이지 않는 전주(錢主) 등등 판 전체가 내가 해왔던 사업의 세계랑 하나도 다를 게 없더란 말이오."

코너에서 벗어난 감효준이 여유를 보이며 말했다.

"그래도 카지노와 하우스는 엄연히 달랐을 거 아닙니까."

이 형사가 다시 코너 쪽으로 좁혀 들었다.

"조명과 시설, 방 크기만 다를 뿐 실상은 거기서 거기요. 돈을 중심으로 움직이는 세계는 그 원리도 생리도 어디든 다 똑같습디다. 합법과 준법에는 편법이 교묘하게 끼어들고 불 법에도 나름의 냉혹한 생존 법칙이 있으니 도긴개긴이라고나

할까. 공생의 고리가 없으면 어느 쪽이든 제대로 안 굴러가는
건 어디나 마찬가지 아니요. 이 바닥은 안 그런 모양이지요?"
　감효준은 냉소 어린 표정으로 주위를 둘러보았다. 책상에
띄엄띄엄 앉아 있던 사람도 다 사라지고 이제는 그들 외에 아
무도 남아 있지 않았다. 이 끈질긴 젊은 형사가 자신을 쉽게
놓아주지 않을 거라는 건 감효준도 통화할 때부터 눈치챘다.
　"이 바닥은 예외라고 하면 안 믿으시겠죠?"
　이시우 역시 긍정도 부정도 아닌 냉소 어린 투로 받아쳤다.
　"칩이 이 손에서 저 손으로 옮겨가 앉는, 그저 위치 이동에
불과한 제로섬 게임 같은 일에 집착해 다들 일희일비하는 것
도 세상사와 판박이였소."
　이 형사도 웬만큼 수긍한다는 표정으로 듣고만 있었다.
　"게임 테이블에서 일어나면 이미 날은 훤히 밝아 하룻밤이
꿈처럼 지나가버린 뒤요. 처음에는 신기하기도 하고 허탈하
기도 하고. 다 잃고 허탈한 심정으로 그곳을 나서는 이들이
대부분이고, 그중 누구는 극단적 선택까지 하고…… 복마전
이나 다름없는 그 판을 들여다볼수록 내가 살아온 삶의 궤적
을 그대로 보는 느낌이었소. 아내의 비싼 수업료로 그걸 깨우
친 셈이었소."
　노인은 감회에 젖은 목소리를 식은 커피로 가라앉혔다.
　"부인이 남긴 유산의 의미를 다르게 받아들일 순 없었을까

요. 어르신에 대한 애정이나 믿음의 표현이었을 수도……"

이 형사는 노신사 부인의 입장에 서며 말했다.

"착한 드라마처럼 해석해주니 고맙소."

"그걸 한지수 일당이 깔아놓은 판에서 다 날리셨으니 착한 드라마가 막장 드라마로 바뀐 거 아닙니까. 사모님 경우는 둘째 치고 그 피해액을 수업료로 여길 수 있는 사람이 세상에 얼마나 되겠습니까. 어떤 이는 가정이 파탄 나고 누군가는 극단적 선택을 하기도 했습니다."

이시우는 다시 반격 태세였다.

"내가 남 사정까지 헤아릴 입장은 아닌 것 같소만……"

"어르신께서야 성공한 사업가로 평생 쌓아온 부와 명예에 오점을 남기고 싶지 않으시겠지만, 피해 당한 다른 사람들 입장도 조금은 헤아려주셔야죠."

"형사 양반은 사업가를 잘 몰라서 하는 소리요. 진짜 사업가는 절대 부와 명예, 둘 다를 쫓지 않소. 양립 불가능하다는 걸 알기 때문이요. 사업가가 남들 눈에 명예를 지키는 것처럼 보이는 건 일종의 화장술이요. 명예를 바랐다면 나 역시 일찌감치 딴 길을 갔을 거요."

"사업가로 성공하신 선생님도 다른 꿈이 있으셨던 모양이네요."

"돈의 필요성을 몰랐다면 난 평생을 모범생으로 살았을 거요. 남들이 꽁생원이라고 할 정도로 고지식하게.”

이 형사는 이 대목이야말로 처음의 궁금증을 해결할 타이밍이라고 생각했다.

“어르신께서 초반에 말씀하신, 육십 년 전에는 어떤 일로 이런 곳에 오셨는지요?”

참고인 진술이 아니라 감의 인생사를 궁금해하는 듯한 뉘앙스였다.

“어릴 적 집안 애기까지 들추고 싶지는 않소만……”

노신사는 그렇게 말하고 커피잔을 다시 들었다.

이 형사는 그의 잔을 들여다보며 커피를 한 잔 더 하겠느냐고 물었다. 노신사는 커피 대신 냉수를 청했다. 이시우는 냉수를 한 잔 따라 와 감효준 앞에 놓았다.

“실버타운 생활은 마음에 드십니까? 여럿이 함께하는 생활인 만큼 심심치는 않으실 테죠.”

쉬어 가는 의미에서 이 형사는 노신사의 현재 생활로 넘어왔다.

감효준은 천천히 냉수를 들이켠 다음 잔을 내려놓고 목을 가다듬었다.

“동생 녀석 때문이었소, 육십 년 전에는.”

감효준은 시간 낭비는 않겠다는 듯 원래 애기로 돌아갔다. 이시우는 자신의 의도가 적중했다고 생각했다. 노년에 접어들면 누구나 현재보다 과거 얘기를 좋아하게 마련이다. 여든을 코앞에 둔 성공한 사업가라면 더더욱……

"내 아버지는 고물상이었소. '티끌 모아 태산'이라는 말을 입에 달고 산 무지렁이. 골목에 뒹구는 빈 박카스 병이라도 하나 주워 와야 직성이 풀리는 사람이었지요. 자식들에게야 그 '태산'이 쓰레기 더미로 보일 뿐이었지만……"

그는 어릴 적 집 마당에 태산처럼 쌓여 있던 고물 더미부터 떠올렸다.

"그런 아버지 영향인지 언젠가부터 동생 녀석도 바깥에서 물건을 가져오기 시작합디다. 하지만 동생이 가져오는 물건은 아버지와는 달랐지요."

아버지 물건은 마당의 고물 더미로 쌓였지만 동생이 가져오는 건 효준도 탐이 나는 작고 값진 것들이었다. 전자 손목시계, 보온 도시락, 쇠구슬 같은 것들…… 어느 날 효준은 마당에 놓인 새 자전거를 보았다. 앞에 바구니가 달리고 안장 높이까지 조절되는 아이보리색 새 자전거였다. 동생이 가져온 물건 중에 유일하게 마당에 놓여 있었다. 다음 날 자전거 주인이 바로 나타났다. 아이를 앞세운, 귀부인처럼 보이던 주부였다.

여자가 자기네 자전거를 훔쳐갔다고 아버지에게 따지고 들자 동생은 어딘가로 숨어들었다. 상황을 파악하고 난 아버지는 여자 앞에 바로 무릎을 꿇었다. 새 자전거를 보는 순간 어린 아들 생각이 나서 순간적으로 훔치고 싶은 마음이 들었다고 울먹이며 자식 가진 부모 심정을 헤아려달라고 빌었다. 여자는 순경과 도둑질, 교육까지 들먹이더니 신고할 가치도 없다고 하며 자전거를 끌고 대문을 나갔다. 아버지는 고맙다고 다시 한번 머리를 크게 조아리며 그들이 사라질 때까지 마당에 꿇어앉아 있었다. 그걸로 일단락되는 줄 알았다, 하지만 이내 여자의 말이 담을 넘어 마당으로 또렷하게 흘러들었다. '잘 봤지. 왜 열심히 공부해야 하는지. 너도 공부 안 하면 저런 찌질한 인간들 되는 거야. 애비나 자식이나 원. 고물보다 못한 인간쓰레기들.'

그때였다. 한쪽 구석에 숨어 사건을 지켜보고 섰던 동생이 불쑥 나섰다. 동생은 마당의 빈 맥주병을 양손에 하나씩 집어들고 밖으로 나갔다. 너무도 순식간이었다. 투다닥 발소리에 이어 욕설과 함께 뭔가 날아가 부딪치는 소리와 유리병 깨지는 소리가 들리더니 이내 찢어지는 비명과 울부짖음이 섞여 들렸다. 순식간에 일어난 일이었다.

"경찰서 출입은 나도 내 아버지도 그때가 처음이자 마지막이었소. 피가 뜨거운 내 철부지 동생은 그것이 시작이었던 거고……"

감효준은 말을 마치고 씁쓸하게 웃었다.

"아, 그런 가족사가 있었군요."

"무모했던 동생 녀석과 어리석을 정도로 순박했던 내 아버지, 그들이 내겐 평생의 반면교사였소. 그들처럼 순진한 희생자가 되고 싶지 않았던 것, 그게 내 사업의 성공 비결이기도 했소."

효준은 쓸쓸하게 말을 맺었다. 그 옛날, 면회실 유리 너머로 들려온 동생의 마지막 말이 여전히 그의 귓전에 맴돌았다. '형, 난 우리가 내세울 거 하나 없는 찌질한 인간들인 줄 알았는데, 알고 보니 우리가 남늘에게 큰 교훈을 수는 존재더라고. 예전의 그 나쁜 년이 자식새끼한테 하는 말 형도 똑똑히 들었잖아. 그때 깨달았지. 이왕이면 좀 더 화끈하게 더 많은 사람에게 교훈을 주자. 그래서 이렇게 된 거 아냐. 세상에는 형처럼 모범생만 필요한 게 아니라 나 같은 양아치도 범죄자도 다 필요한 것이더라고.'

"형제의 길이 완전히 달랐던 거군요."

이 형사가 조심스럽게 말했다.

"그게 크게 다르진 않소. 극과 극으로 보여도 한 끗 차이요. 거대한 바위를 놓고 동생은 어리석게 정면 대결을 했던 거고 나는 그 바위의 그늘을 이용할 줄 알았던 것뿐이지."

감효준이 쓸쓸하게 웃으며 답했다.

"동생 일로 한지수에게 연민을 느끼고 계신 건 아닌가요.

피해를 당한 사람들은 한지수의 처벌을 강력히 원하고 있습니다.”

“나 역시 대가를 단단히 치렀다오. 내 아내로부터 일찌감치 처벌받은 셈이니. ‘당신이 평생 쫓았던 허상을 똑똑히 봐!’라는 듯 유산으로 나를 후려친 거 아니오? 그 응어리를 카지노에 다 뿌리고 왔으니, 결과적으로 그곳은 내게 해우소였던 셈이요.”

“부인의 유산을 그렇게 생각할 수밖에 없을까요?”

이 형사는 어느새 감효준 부인 편에 옮겨가 있었다.

“내 아내도 만만찮은 성격이오. 사려도 깊지만 자존심 세고 용의주도하지요.”

감효준은 아내를 만난 스무 살 시절로 넘어갔다. 캠퍼스에 여학생이 그리 많지 않던 시절, 둘은 대학 동기였다. 그녀는 많은 이들의 선망의 대상이었지만 재력가 집안 혼처 대신 내세울 것 하나 없는 효준을 택했다. 부모의 반대를 무릅쓴 그녀의 선택에 보답이라도 하듯 효준은 결혼 후 남부럽지 않은 물질적 성공을 이루었다.

“사모님도 예사롭지 않은 분이셨군요. 젊은 나이에 사람 보는 눈까지 있으시고.”

“글쎄, 내 아내가 끝까지 자신의 선택이 옳았다고 믿었을 거 같지는 않소. 이혼 때 분할했던 재산을 고스란히 반납한 건 바로 '당신이 이룬 게 사는 데 아무 도움이 안 되더라.' 그런 뜻 아니겠소. 나를 크게 한 방 먹이고 간 거지. 그러니 내 일생이 칩을 좇아 카지노에서 밤을 밝힌 거랑 뭐가 다르겠소. 한평생 유령을 좇아 살았던 거지."

말끝에 그는 껄껄 웃었다.

"한지수는 솔직히 어르신 동생에 가까운 유형 아닌가요?"

"천만에. 지수는 내 동생처럼 무모하지도 순진하지도 않소. 세상사를 꿰뚫고 있는 데다 사업 수완도 있는 영리한 여자였소."

"아무리 똑똑해도 불법을 저질렀으면 도루묵이죠. 더러 불법과 합법이 공생 관계를 이루기도 하지만 엄연히 다른 거죠."

이 형사는 둘을 확실히 구분하며 말했다.

"숙주를 완전히 파괴하는 바이러스는 생존 자체가 불가능하다는 건 상식 아니오. 서로 틈새를 내주어야 살아남는 거 아니겠소."

노신사는 음흉한 미소를 지어 보였다.

"어르신의 기대를 저버리고 떠난 한지수에게 시혜를 베푼 것도 그런 이유 때문인가요?"

형사의 직설적 물음에 감효준은 대답 대신 회상에 잠기는 표정이었다.

지수가 떠나던 날을 그는 또렷이 기억하고 있었다. 퇴원 기넘으로 나섰던 여행 내내 그는 한지수가 자기 곁에 머물러줄 거라는 기대에 새로운 인생을 꿈꾸기까지 했다. 하지만 전 머물 순 없어요, 사장님. 꿈이 있거든요. 역시 그녀는 앞날이 창창한 이십대였다. 아내를 보낼 때처럼 그는 한지수도 선선히 떠나보냈다. 헤어짐이 축복일 수는 없지만 적어도 그는 누군가가 자신을 떠날 때 서운하게 하지는 않았다. 사업 상대도 그랬다. 일하는 동안에는 누구보다 철저하고 깐깐하지만 사후결재만큼은 상대의 기대 이상으로 후했다. 소탐대실의 어리석음을 범하지 않는 것, 그것이 일찍부터 체득한 사업과 인간 관계의 성공 비결이었다. '티끌 모아 태산'은 아버지가 살았던 절대빈곤 시절의 생존 방식일 뿐, 그런 '소탐'이야말로 함정이라는 걸 일찍 깨달았다. 생존과 번식에 최적화돼 있는 사람의 뇌는 생존 중에서도 '단기' 생존에 맞도록 설계돼 있었다. 절대 다수는 그 생존 본능을 벗어나지 못했다. 그는 '단기 생존'에 연연하지 않도록 일찍부터 자신을 혹독하게 단련했다. 그것이 결과적으로 먹혀들었다. 아니, 어쩌면 운이 좋은 경우였을 수도 있었다. 사려 깊은 아내를 만난 일이 결정적이었던 게 아닐까 싶을 때도 있었다.

"난 한지수의 수완을 믿었소. 골프장 사고에다 병원에서 신세 진 일도 있고 해서 오 년 만에 나를 찾아왔을 때 도움의 손길을 뿌리치지 않은 것뿐이요. 새 사업의 성공을 바라며 나름

대로 베팅한 셈이지."

"어르신 베팅은 결과적으로는 다 실패였던 셈이네요."

이 형사가 웃으며 받았다.

"그러니 지금 여기 앉아 있는 것 아니겠소. 허허."

"동생에 대한 기억 때문에 한지수를 그렇게 오랫동안 마음에 두셨나요?"

"핏줄하고 같기야 하겠소. 오히려 여자로 보는 게 더 자연스럽지."

효준이 웃으며 받아치사 이 형사는 대화가 이제 완선히 다른 길로 접어들었음을 깨달았다.

"사실 한지수가 꽃뱀에 어울리는 외모는 아니지 않습니까."

이시우가 웃으며 지적했다.

"젊음은 그 자체로 완전체요."

노신사는 한 수 가르쳐주듯 말했다.

"한지수를 한번 만나보고 싶은 생각은 없으신가요?"

"내가 그 정도로 촉촉한 사람이라면 이렇게 살고 있겠소? 일찌감치 새살림을 차렸겠지."

"저도 그게 의문입니다. 충분히 좋은 가정을 꾸릴 수 있으셨을 텐데요. 아무리 로또 같은 유산이었다 한들 돈을 꼭 그렇게 써야 했나요? 좋은 일에 쓸 데가 얼마나 많은데……"

"좋은 일?"

"자선단체나 아니면 유명 대학에 기부할 수도 있고……"

"평생 아껴 모은 재산을 그런 곳에 쾌척하는 사람들을 폄하할 생각은 없소만, 아니 그들의 용기를 존경하오만, 나는 그런 사람들을 보면 이상하게 꼬깃꼬깃 아껴 모은 돈으로 명품 가방 사는 사람의 심리처럼 보인단 말이오."

"그래서 어르신께서는 그 큰돈을 사기도박단에 쾌척하신 건가요?"

"노름판에서 날린 돈은 뒤끝이 없어 좋습디다. 좋은 일에 돈을 쓰면 카메라도 따라붙고, 번듯한 언행을 해야 하니 얼마나 인생이 더 번거로워지겠소."

"그런 일의 번거로움 때문에 카지노나 사기꾼 일당 주머니를 채우신 거군요."

"나는 형장의 동생도 찾지 않았고 아내의 임종도 지키지 못했소. 과거를 돌아볼 줄 모르는 사람이오. 도박판에서 다 날려도 본전 생각이 안 드는 것도 그런 성향 때문인 것 같소. 한지수 일도 마찬가지요. 내겐 그저 흘러간 과거일 뿐이오."

노신사는 이야기를 정리하듯 말했다.

"이러실 거면 굳이 직접 오시지 않아도 됐을 텐데요."

이 형사는 참고인 조사가 빈손으로 끝나버린 걸 인정하듯 말했다.

"낯선 이의 호출이 반가운 걸 보면 아직도 나한테 사업가

기질이 남아 있는 모양이오. 전화 목소리 들으면서 이시우 형사란 사람도 만나고 싶고 경찰서 구경도 해보고 싶었소이다."

"하하, 형사가 참고인으로부터 이런 다정한 말씀을 듣게 되다니요. 감사합니다. 아, 그런데 아까 평생 유령을 쫓은 셈이었다고 하셨는데, 그건 사업가로서의 삶 자체를 부정하시는 건 아니겠죠?"

"평생 다져진 체질이나 생각이 하루아침에 바뀔 것 같소? 아내의 채찍질을 한번 호되게 당했어도 난 결국 사업가 기질은 못 버리겠습디다. 필요하면 또 연락 주시오."

감효준은 자리에서 일어났다. 그는 오던 때와 같은 꼿꼿한 걸음으로 사무실을 걸어 나갔다. 이 형사는 노신사가 완전히 사라질 때까지 그의 당당한 걸음을 주시했다. 앞서 다녀간, 다른 참고인과 고소인들 피해액을 다 합쳐도 그가 날린 돈의 절반도 안 되었다.

의자에 앉으면서 이 형사는 원점에서 다시 시작해야 한다고 생각했다. 그렇다고 노신사의 방문이 빈손으로 끝난 건 아니었다. 궤변도 있었지만 흥미로운 이야기였다. 난 결국 사업가 기질은 못 버리겠습디다. 필요하면 또 연락 주시오. 노신사의 마지막 말을 떠올리는 순간, 이 형사 눈에 지팡이가 들어왔다. 자신이 뒤쪽 의자로 슬쩍 옮겨놓았던 지팡이…… 노신사가 지팡이에 의지하는 걸음이 아니라는 건 들어설 때부터 알아챘는데 '역시나'였다. 사용 흔적이 거의 없는 새 지팡이였다. 매끄럽고 단단한 질감이 손으로 전해왔다. 지팡이에 몸의 무게를 실어보았다. 안정감이 느껴졌다. 굳이 필요치 않은 걸 왜 짚고 왔을까. 지팡이를 허공에 휘휘 휘두르며 이시우는 생각했다. 그의 이야기에 빠져들어 고개를 끄덕이기도 했지만 형사인 자신이 그 이야기를 다 믿을 수도 없었고, 그래서도 안 되었다. 노신사의 말대로 카지노는 세상의 축소판 또는 해우소일 수도 있지만 한편으로는 사업가의 돈세탁 혹은 탈세에 더없이 좋은 곳 아닌가. 지팡이로 휘휘 허공을 가르며 이시우는 노신사의 이야기를 되짚어보기 시작했다. 첫 라운드는 감효준의 판정승이라 할 수 있었다. 하지만 선수가 기권하지 않는 한 2라운드 3라운드도 남아 있는 것 아닌가.

*

　감효준은 외출복을 벗어놓고 욕실부터 찾는다. 아침에는 반신욕, 저녁에는 전신욕이 그의 하루 일과의 시작과 마무리 방식이다. 모처럼의 외출이 가져온 심신의 피로를 따뜻한 물에 풀기로 한다. 티브이부터 켜고 물에 몸을 담근다. 고정 채널의 익숙한 해설자 목소리와 함께 시퍼런 바다가 펼쳐진다. 이번에는 혹등고래가 주인공이다. 머리에 바윗덩이 같은 혹을 가진 저 거대한 몸집의 고래는 심해의 먹이사슬 어디쯤 자리 잡고 있을까. 몸을 더 깊이 물속으로 담그며 그는 생각한다. 몸집으로 봐서는 거의 맨 끝자리 같다. 거대한 어미 고래 주위에 어린 자식들이 그림자처럼 따른다. 혹등고래에겐 머리의 저 혹이 독주머니이자 곳간일 터였다. 어린 것들을 심해에 살아남게 하려면 어미 역할도 만만찮을 터였다.

그나저나 지수는 어떻게 될까. 난관에 부닥친다 하더라도 한지수는 동생 녀석처럼 쓸쓸하게 퇴장당하지는 않을 거라는 믿음이 그에겐 있있다. 되원 기님 여행이 끝나던 날 자신의 제안을 단번에 거절하던 단호함, 하지만 그가 내민 위로금만큼은 주저 없이 챙겨들던 당돌함, 새롭게 변신해 다시 자신 앞에 나타난 당당함 등등 타고난 생존력으로 잘 헤쳐 나갈 거라 생각했던 것이다. 자존심과 명분을 끝까지 포기하지 않았던 아내와는 정반대 성향이었으나 지수 역시 아내 못지않은 고수라고 그는 생각했다.

모처럼의 외출을 떠올리며 그는 지팡이를 들고 나선 건 잘했다고 생각한다. 첫 만남에 유무형의 연결 고리를 남겨두는 이전 습관은 여전했다. 이 형사의 호출은 언제쯤일까? 아직 연락이 없는 걸로 미루어 이시우도 적정 시기를 셈하고 있는 게 분명해 보였다. 바깥세상의 호출은 번거롭긴 하지만 여전히 구미를 당겼다. 세상을 냉소하면서도 치열하게 부딪치며 살았던 자신의 이율배반적 태도가 그는 늘 의문이다. 세상과 사람에 대한 끈끈한 '애증'으로 여겼지만 그게 전부일까? 냉수 샤워로 마무리하면서 그는 이전과는 다른 새로운 도박의 유혹을 느낀다.

성(城)에 대한 사선의 서사
—성(城)에 들어가기 위한, 들어갈 수 없는

신수진(문학평론가)

0. 불가능성과 부조리를 증거하는 카프카의 성(城)과 표명희 소설의 테제

카프카는 미완성 유작 『성』을 통해 성 밖에서 살아가는 인간을 조명한다. 베스트베스트 백작 성의 측량사로 마을에 들어오게 된 K는 금방이라도 닿을 것 같은 성에 가려고 사람들을 만나고 헤매도 보지만 성에 들어가기 위한 모든 노력은 거절당하고 모욕받으며 궁극적으로 성문은 열리지 않는다. 모호한 절차와 무한한 지연을 겪으며 오직 성에 들어가기 위해 존재 전부를 소진할 뿐이다. 이 난해한 스토리 때문에 성은 관료제의 권력이나 신의 부재 등으로 해석되기도 한다. 성은 인간이 결코 이해할 수도 도달할 수도 없다는 점에서 세계의 불가능성과 부조리를 증거하는 작품임에 틀림없다.

어디에도 거주할 수 없는 인간의 고립과 불안에 천착했던 카프카의 실존주의는 하나의 성으로 간주될 법한 현대 사회의 물적 자원이나 상징 자본에 의해 소외와 공황 사태에 처하는 표명희 소설의 테제와 닿아 있다. 성이 출현함으로써 조성되는 지배력이나 위압감은 거시적이고도 미시적이며 모든 곳에서 효력을 발생시키면서도 실체를 파악할 수 없기에 진실을 은폐하고 내면까지 잠식한다. 성을 동경하고 성과 대결을 하며 성을 쌓거나 성을 떠나기도 하는 인물들의 선택과 모험은 권력의 메커니즘을 재현하고 자아를 재구성하도록 한다.

표명희가 실험하는 것은 성에 대한 사선의 서사라고 할 수 있다. 사선은 도달을 전제하는 경로처럼 보이지만 실제로는 계속 비껴가도록 설계된 기울기다. 소설의 인물들은 성을 향해 수직적으로 상승하지도, 수평적으로 정착하지도 못하고, 사선으로 접근하고 미끄러지기를 반복한다. 사선이란 욕망하고 지향하되 거부되고 추방되는 세계에서 행해지는 유일한 이동 방식이다.

1. 첫번째 성(城): 고시원과 오피스텔

이번 소설집의 첫번째 성은 '고시원과 오피스텔'이다. 고시원은 이름 그대로 고시를 준비하는 청년들이 공부하며 잠만 자는 정도의 임시 주거지였으나 이제는 그 유래가 무색할 정도로 가장 저렴한 방을 구하는 불특정 다수의 거처로 바뀌었다. 오피스와 호텔의 합성어인 오피스텔은 업무 시설에 주거를 겸할 수 있도록 지은 건축물이다. 실제 오피스텔은 대부분 주거용 원룸 형태로 상업지구 내에 있는 1인 가구들이다. '-텔'이라는 접미어를 붙여 아파텔, 원룸텔, 리빙텔 같은 이름으로 준주택의 지위를 갖는 이 거주지들은 단지 법적 분류 유형이 아니라 이 시대에 출현한 구체적 삶의 양식을 반영한다.

모퉁이 건물을 돌아서니 신사가 알려준 대로 저 멀리 허공에 파라다이스 시티 역이 솟아 있는 게 보였다. 파란 하늘을 배경으로 우뚝 선 역사는 이름에 걸맞은 자태였다. 지상이 아닌 저 높은 곳, 사람들 손길이나 발길이 쉽게 닿지 못하는 곳에 외로이, 하지만 우아한 자태로 서 있어야 진정한 파라다이스라는 사실을 일깨우듯 높이 떠 있었다.(「파라다이스 시티 역」, 159쪽)

「파라다이스 시티 역」은 코로나로 인해 인천공항을 둘러싼

상권과 주거지가 유령도시처럼 멈춰버린 팬데믹 시기를 배경으로 한다. 고모의 오피스텔은 파라다이스 시티 역에 있다. 이 외래어 역명과 더불어 운행 중지 상태인, 공항과 해변을 잇는 공중의 자기부상열차는 낡은 고시원이 난립해 있는 서울의 달동네와 견줄 때 "달나라에 건설된 신도시"(155쪽)다. 고모는 오피스텔 세입자가 만기가 되어 나가면 관리비만 부담하는 조건으로 지훈에게 몇 달간 써도 좋다고 제안한다.

열악한 고시원을 전전했던 지훈이 그렇게 고모의 오피스텔에 입성하던 날, 기존 세입자에게 침대부터 냄비까지 무료 나눔을 받아가는 사람들의 행렬을 마주한다. 살림살이가 다 빠져나가자 호텔처럼 아늑했던 방 대신 시멘트 모듈 한 칸만 남는다. 이사 가는 사람이 아니라 출국하는 사람 같은 분위기의 목이 긴 여자 한지영은 캐리어와 함께 사라진다. 이후 족욕 겸용 발마사지기 택배가 도착했지만 내내 찾아가지 않던 그녀는 코로나로 격리돼 있었다며 그 발마사지기를 그냥 써달라고 한다.

지훈은 푸른 고시원 아저씨를 떠올린다. 옆방 아저씨는 보증으로 집을 날리고 이혼한 뒤 일용직 근로자가 되었는데 공용 주방에 밥이 없어 굶게 된 지훈에게 편의점 김밥 중 제일 비싼 '황제 김밥'을 줄 정도의 인격이었기 때문이다. 발마사지기는 새벽 인력시장에 가는 '황제'에게 요긴할 거라는 지훈의 기대는 곧 고시원엔 이런 물건을 놓을 자리가 없다는 현실 자각으로 바뀐다.

서울 자가, 정규직 등 일종의 표준화된 궤적을 따라가지도 만족시키지도 못한 삶이 실패나 몰락으로 규정되는 세상에서 낙후 지역의 고시원은 인물의 불안정한 생계와 고립된 생활을 극대화하고 가속화하는 비참하고 비인간적인 장소다. 파라다이스 시티 역의 오피스텔 또한 인물이 정체성을 정립하고 관계를 이루어가는 유기적이고 정서적인 장소가 아니라 익명의 일시적인 상소다.

'미래 도시', '타임머신', '낯선 행성', '샤갈의 그림', '필립 글래스풍 선율'과 같은 지훈의 표현은 그가 파라다이스 시티 역의 오피스텔을 얼마나 비현실적이고 초현실적으로 체감하는지를 알게 한다. 그러나 황제와 소주잔을 주고받던 고시원으로 돌아가고 싶을 만큼 오피스텔에서 지훈은 허공에 홀로 있는 듯한 적막을 느낀다. 공항과 호텔과 골프장 그리고 바닷가 관광지가 내려다보이는 오피스텔은 고고한 성이다. 그리고 도시의 밤은 가로등, 네온사인, 자동차, 아파트 등 "온갖 불빛이 다 함께 모여 어둠을 밝히기 때문에 휘황"(176쪽)한 것이라는 낭만적인 문장은 고유한 아이덴티티들의 공존이라는 작가의 주제의식을 집약한다.

지훈은 편의점에 갔다가 우연히 아르바이트를 하고 있는

한지영을 본다. 코로나로 해외를 못 나가니 국내 골프장이 포화 상태라 잔디를 심거나 잡초 제거하는 일도 하고 있다는 그녀에게 어쩐지 그런 일들은 어울리지 않고 부당하다고까지 생각한다. 여배우 이미지의 그녀에겐 세련된 오피스텔과 경제자유구역 도시의 후광이 있기 때문일 것이다.

소설 속 인물들에게 편의점은 가장 주요한 생활공간이자 빈번한 동선으로 등장한다. 지훈이 고시원에서 나와 고모의 오피스텔에 막 도착했을 때 가장 먼저 찾은 곳도 편의점이다. "지훈은 오피스텔 건물이 밀집해 있는 블록으로 들어선 다음 편의점부터 찾아들었다. 낯선 곳에서 고향 사람이라도 만난 기분이었다. 점원의 목소리와 익숙한 실내 분위기가 그렇게 편할 수 없었다"(160쪽)라는 서술처럼 고시원과 오피스텔 사이의 낙차를 완화해주는 지대가 바로 편의점이다. 폐쇄된 공항, 하얀 방역복, 빈 상가들, 처음 겪어보는 상태이자 언제 끝날지 모르는 상황에 놓인 사람들은 차별화된 주거지나 아비투스와 무관하게 대낮처럼 밝은 유리창 안에서 끼니를 때우고 택배를 이용했을 것이다. 편의점은 시간 부족과 잦은 이동이라는 도시 1인 가구의 생활 패턴에 부합한다. 편의점 장면들에서는 신자유주의와 유목 사회 그리고 소비주의와 양극화 같은 사회문화적 코드들을 읽어낼 수 있다.

지훈은 당장 가깝고 편리한 편의점에서 인스턴트 식품을

먹고 담배를 사지만 가공할 자본과 배후의 구조에 대해서는 고찰하지 않는다. 그래서 "고시원 탈출"(154쪽)을 구체적인 계획을 수반한 절박한 목표로 여기지 않는 것처럼 보이기도 한다. 무엇보다 지훈이라는 인물에게 물질의 척도보다 더 중요한 것은 관계의 밀도이기 때문이다. 사랑했지만 떠나보낸 해린, 고시원에서 위안을 나누던 옆방의 황제, 오피스텔을 교집합으로 안부를 전하는 한지영까지 지훈에게 '집'이란 부동산 가치와 시설의 등급이 아니라 사람과의 유대와 소통이 가능한 공간이다.

이제 고시원에 고시생은 없다. 그곳은 반지하, 옥탑방, 여관 달방, 쪽방촌을 지나 최소한의 인간다운 삶마저 유린하는 생존 기지로 전락했다. 창문 없는 한 평 남짓한 공간은 보증금도 공과금도 낼 수 없는 상황에 도시에서 버틸 수 있는 최후의 주거 전선이다. 국토교통부가 제시한 1인 가구 기준 최저 주거면적은 14m²지만 타인이 지옥이 되는 주거 피라미드의 가장 아래층, 비주택이라 불리는 곳까지 이런 존엄한 법은 닿지 않는다. 문제는 이 참혹한 환경에서 삶과 꿈도 같이 축소되고 억압된다는 점이다. 주거 난민들은 방음이 되지 않는 시설에서 자신의 모든 소리 혹은 소음을 소거하고 궁극엔 옆방 이웃 혹은 창문 너머 사람들과의 관계마저 소거하게 될 것이다.

퇴색한 주변 공터의 덤불숲과 달리 골프장 잔디는 스프링
클러의 물방울로 반짝인다. 철제 펜스 바깥을 따라 조깅을 하
면서 완벽한 차림으로 융단 같은 필드를 누비는 사람들을 보
는 지훈은 골프장만 빼고 밟고 다니는 곳은 모두 자신의 영
지 같다고 느낀다. 스쳐 지나간 고시원 33호 황제와 오피스텔
912호 한지영을 궁금해했던 지훈은 보관 중이던 택배 박스를
열고 발마사지기를 사용한다. 파라다이스는 닿을 수 없는 저
높은 곳에 있는 것이 아니라 남루한 일상 속 사람들의 온기 안
에 있다는 듯이 따뜻한 버블이 일면서 나른함이 밀려온다.

학생 때부터 아르바이트 다니느라 서울은 물론 수도권 지
하철 노선까지 훤히 꿰고 있는 지훈은 파라다이스 시티 역에
서 파라다이스를 찾았는지 모르겠다. 도시에는 기회가 있다
는 환상과 열심히 하면 성에 들어갈 수 있으리라는 희망을 갖
고 다시 고시원으로 돌아가고 더 버틸 것이다. 그러나 고시원
과 오피스텔이라는 간극 사이에서, 펜스 바깥의 황폐함과 펜
스 안의 영지 사이에서, 지훈의 감성은 "사내 녀석이 감정이
여리고 헤프다"(154쪽)는 핀잔처럼 현실을 극복하는 데 별 소
용 없는 무용함으로 읽히기도 한다. 이때 성은 보호나 구원이
아니라 위험이고 장벽이며, 지훈의 위치와 이동은 사선에서
의 무기한 체류가 된다.

2. 두번째 성(城): 아파트

소설집에서 그 두번째 성은 '아파트'다. 아파트 공화국 대한민국에서는 자산에 따라 입성할 수 있는 아파트 계급도가 존재하고 소득, 직업, 교육 등 전방위에 걸친 사회적 위상도 서열화되어 있다. 따라서 부동산 불패 신화에 대한 믿음은 온갖 규제를 뚫고 더 융성한다. 거주지의 위치와 가격이 거주자의 지위와 자본을 표현하는 한 성벽은 더 높아지고 사다리는 자주 끊어질 것이다.

오전에 주인 남자에게 보낸 문자는 오후가 되어도 감감무소식이었다. 한나절 만에야 '죄송하오나'로 시작하는 답신이 왔다. 관리사무소에서 보낸 안내문 같은 답신은 '일요일이니 평일에 문의해달라'는 양해의 말과 함께 다음 날 연락을 주겠다는 얘기가 담겨 있었다. 그제야 수민은 그날이 휴일이라는 것, 50채 집의 소유자라면 이런 태도일 수밖에 없을 거라는 것, 내용으로 미루어 보증보험 가입이 아직 안 되었다는 것 등을 짐작할 수 있었다.

추측은 빗나가지 않았다. 다음 날 전화를 걸어온 남자는 보증보험 관련 사정을 수민에게 알려왔다. 그는 계약 날에는 느낄 수 없었던, 차분한 톤에 사무적인 어조였다. 그는 토지 등기가 되지 않은 건물이라 아직은 보증보험 가입이 불가능하다며 조금만 더

기다려달라고 했다. 집들이 단체로 건설사와 소송이 걸려 있어 토지 등기는 소유주 개인의 문제가 아닌 상황이라는 설명까지 따라붙었다.(「갭」, 89~90쪽)

「갭」의 주인공 수민은 항공사 승무원으로 집에 돌아오면 아무도 없는 집에서 유니폼을 벗어던지고 나체로 춤을 추면서 해방감을 누린다. 남편의 지방 발령으로 각자 집을 구했기 때문이다. 수민은 건설사 부도로 소유권이 신탁회사로 넘어간 이 아파트를 시세의 절반 가격에 임대한다. 그러던 어느 날부터 위층에서 기계음이 들린다. 어른 키만 한 종이 박스들이 복도에서 사람의 진입을 막고 있는 섬찟한 미분양 아파트였기에 드디어 누군가 이사를 온 것 같아 반가울 따름이다.

　계약서를 쓰던 날 조종실과 주방과 비상구가 일렬로 배치되는 비행기처럼 냉장고와 책상과 소파가 길쭉한 통로처럼 생긴 부동산 중개 사무실에 서류 가방을 들고 온 남자는 노부모와 아이들까지 3대가 함께 도착한다. 아이가 뛰다가 뜨거운 커피를 다른 아이에게 쏟자 수민은 비상시 매뉴얼대로 응급처치를 한다. 캐리어에는 구급상자도 있었지만 자신은 의사가 아닌 세입자에 불과하기에 화상병원에 가보라고만 조언한다. 기계적일 만큼 자동화된 수민의 일 처리는 자신을 증명해야 하는 무한 경쟁사회의 결과물이다.

융자가 많이 잡힌 집이어도 보증보험을 들어주는 조건이라 계약을 했지만 차후 수민이 보증보험 가입 확인 메시지를 보냈을 때 임대인은 형식적인 반응으로 일관한다. 아파트를 50채나 갖고 있는 이 분야 전문가답게 평일에 문의해달라는 답신을 보낸 남자는 다음 날 토지 등기가 되지 않은 건물이라 보증보험 가입이 불가능하다는 내용을 사무적으로 전달한다. 그러니까 문서상으로는 땅 없이 건물만 있는 집이었다. 수민은 직장과 집 어느 곳에서도 안정과 안락을 누리지 못하고 허공에 떠 있는 자신의 처지를 비관한다.

결혼 후 7년째 아기를 갖지 못한 수민은 출산을 계기로 직장에서 가정으로 항로를 바꾼 동료들을 부러워했다. 결혼과 출산과 육아는 다음 장의 성공 코스이기 때문이다. 행복한 가정의 완성을 위해서 반드시 아이가 필요하다고 생각하는 수민의 가족 이데올로기도 타인의 기준에 부합하기 위한 허위의식에서 발로한다. 기실 비행기에서 잠도 못 자면서 언제 어디서든 이륙할 준비가 되어 있는 수민의 겉모습과, 일등석 손님 같은 남편을 불편해하면서도 아기를 가져서 가정에 안주하고 싶은 수민의 속내는 이율배반적이다. 흉물스러운 빈집 투성이에 법적으로는 공중분해 상태인 아파트의 실체와 닮은 꼴이다.

우리나라의 대표적인 주거 유형인 아파트는 생애 주기나

인간관계 같은 것들에 절대적 영향력을 미치는 변수로 작동한다. 아파트는 주로 구조의 표준화와 경관의 획일성을 비롯해 투기와 신분 상승의 수단으로 변질되어 위화감을 조성하고 인간소외를 부추긴다는 측면에서 콘크리트 디스토피아로 치부되어 왔다. 이 작품에서도 아파트는 중산층 혹은 기득권에 속하기 위한 세속적인 필요조건이면서 불안과 환멸을 강화하는 충분조건으로 성립한다.

아파트의 주거는 비행기의 클래스와 흡사하다. 앞 좌석에 무릎이 닿을 만큼 좁은 이코노미석 앞칸엔 침대처럼 누워 갈 수 있는 비즈니스석이 있고 제일 앞칸엔 승객 한 명 한 명에 맞춰 서비스를 제공하는 퍼스트클래스가 있다. 커튼 한 장으로 구획되는 이 격차는 같은 항공편에 탑승했으나 전혀 다른 비행 경험을 갖게 한다. 이 작품에서 아파트가 전적으로 억압적인 환경을 의미하는 것은 아니다. 수민은 아파트의 상품성을 극복하는 유형의 인물이 아니라 오히려 적극적으로 수용하고 선망하는 실용적이고 현실적인 인물이다.

아이가 뛰는 소리며 세탁기 돌아가는 소리 등 위층 사람들의 시끄러운 소리는 수민으로 하여금 단란한 가정을 연상하게 했다가 이내 경비실에 민원 전화를 걸게 되는 계기로 바뀐다. 그러나 603호는 빈집이라는 답변이 온다. 위층을 직접 보기 위해 비상계단으로 올라간 수민은 복도에 가득한 음험한

종이 박스 바리케이트를 목도하고 황급히 뒤돌아서다 계단에서 중심을 잃는다. 위층의 상습적인 소음과 그 실체를 추적하는 과정에서 위층은 처음부터 없었다는 것이 확인되는 공포 영화 같은 모멘트다. 텍스트에서 아파트는 물리적으로 건설된 공간이 아니라 인물의 심리 추이가 그로테스크하게 현상되는 피사체다.

다리 깁스를 한 수민의 간병을 위해 남편이 와 있는 동안 위층의 소음이 감쪽같이 사라진 것에 대해서 수민은 "당신마저 나를 믿지 못하겠다는 거야?"라고 항의해보지만 남편은 "당신, 상상임신이었던 적이 한두 번이야?"(101쪽)라고 응수한다. 없는 소리와 있다고 믿었던 이웃, 없는 아기와 있다고 믿었던 증상처럼, 의식과 실제의 갭이 폭로되는 순간이다. 규격화된 삶과 정형화된 기준에 부합하기 위한 인물의 불안과 강박이 얼마나 병폐적인지 실감케 한다. 주인공이 느끼는 삶의 좌표와 고도는 모두 불확실하고 불안정하다. 수민은 예측할 수 없고 대응할 수도 없어 선회하고 있는 자신의 기체를 착륙시켜줄 안전기지가 필요했던 것이다.

홀로 남은 수민은 다시 울리는 소리의 출처를 밝히기 위해 목발을 짚고 나간다. 그리고 위층의 희미한 불빛을 본다. 현실과 환상을 뒤섞으며 불확실하게 처리하고 있는 소설의 마지막 장면에서 수민의 목발과 아파트의 떨림은 대응된다. 인물의 피폐한 정신과 육체를 빈집들 사이의 공백과 진동에 투사해 아파트라는 공간으로 전시한 것이다. '갭'은 성으로 오르는 계단이 아니라, 성의 실체가 비어 있음을 드러내는 경사면이다.

3. 세번째 성(城): 인공지능 시대의 도시

아파트라는 모티프가 담론 차원에서의 비판적인 통찰은 가능하지만 현실 차원에서 실천까지 유효한지에 대해서는 회의적일 수밖에 없다. 양극화가 가속화되는 시대에 풍요로움과 편리함이라는 경우의 수를 배제하고 시스템과 독자적인 삶을 선택하기란 쉽지 않기 때문이다. 그럼에도 불구하고 자기 세계라는 하나의 가능성을 미약하게나마 축조해가는 인물들이 있다. 소설집의 세번째 성은 새롭게 개시되는 '인공지능 시대의 도시'다.

한숲시티. '숲'과 '시티'라는 상반된 단어의 조합으로 이루어진 단지 명칭이 시골 마을에 뜬금없이 솟은 이 거대한 콘크리트 구조물의 출현 이유를 잘 담고 있었다. 대거 미분양으로 한동안 '한숨시티'로 불리기도 했다는 이 아파트 단지는 자연 속에서 시티 라이프를 누리려는 서민들의 로망과 건설사의 셈법이 잘 맞아떨어진 결과였다. 철도역이 있는 도심까지 자동차로 삼십 분 거리인 '교통의 오지'이긴 해도 안나에겐 그마저 이곳 생활의 혜택으로 보였다. 십 년 회사 생활에 마침표를 찍고 프리랜서 생활로 들어서면서 선택한 주거지였다.

"아무리 출퇴근 없는 프리랜서라 해도, 거기서 어떻게 살려고?"

주말이면 서울의 핫 플레이스만 찾아다니는 팀장의 우려였다.

"다이소와 쿠팡만 있으면 돼죠."

신입이 팀장의 말을 기우로 돌렸다. 정작 문제는 '인석 네트워크의 부재'라며 신입답지 않은 현실적 이유도 덧붙였다.(「잠재적 이웃」, 15쪽)

「잠재적 이웃」의 주인공은 최근 저작권 중개회사를 그만두고 오랜 꿈이었던 프리랜서 번역가가 된 안나다. 그는 새로운 일에 최적화된 환경을 만들기 위해 "논밭과 야산을 뭉개고 올라선 거대한 콘크리트 축적물"(14쪽)처럼 보이는 '미니 신도시'로 이사를 한다. 서울로 연결되는 광역버스 노선을 갖춘 대단지로 전형적인 '베드타운'인 이곳은 신축 아파트와 주변 시설까지 갖춰 유동인구가 거의 없는 '항아리 생할권'이기도 하다.

서울 그리고 그 안에서도 상급지에서 살기 위해 투쟁하고 있을 전 동료들의 우려와 의구심에도 불구하고 안나는 어떤 선택에도 리스크는 따른다는 것을 상기한다. 막상 프리랜서 번역가가 되어보니 직장인 근무 시간보다 업무 시간이 더 소요되어 퇴근도 월급도 없는 일이었고 무엇보다 집이 곧 직장이기도 하니 실내 분위기를 위해 당근마켓에서 식물 고르는 것도 습관이 된다. 나이가 비슷한 여자라면 작은 화분을 인연으로 이웃이 되고도 싶었으나 식물덕후 '식덕'이라는 해박한 청소년 판매자에게 안나는 몬스테라를 사온다. 그리고 열대식물이 아니라 동양화를 보는 듯한 느낌에 백발의 노인 '장수하늘소'에게 파키라를 사온다.

그렇게 집이자 작업실인 새 보금자리를 꾸며가며 반년 만에 번역 원고를 넘겼지만 출판사의 부도로 출간은 무산되어버린다. 무기력에 빠져 있을 즈음 식덕에게서 당근 앱이 아닌 문자로 희귀종 몬스테라 알보의 얼룩 무늬 사진이 온다. 돌연변이라 파종을 통한 번식이 불가능한데 성공했다는 것이다. 관심을 갖고 정성을 들인다는 점에서 화분 키우기는 친구 사귀기와 비슷하다. 어느덧 안나에게는 소소한 일상을 나눌 수 있는 잠재적 이웃들이 생긴 것이다.

"보험업이 얼마나 거대한 산업인 줄 아니? 그건 사람들의 불안을 먹고 사는 업종이라 AI시대에도 절대 사라지지 않아" (16쪽)라고 했던 번역가 선배의 조언처럼 인공지능이 인간을 대신하는 문명이 도래하고 있다. 이 시대엔 노동으로부터 해방된 인간이 자신만이 할 수 있는 일과 자신이 하고 싶은 일을 진지하게 탐색해봐야 한다. 지금까지는 조직에서 직급에 따라 공동작업을 하는 구조였다면 프리랜서 같은 자유로운 직업 형태들이 늘어날 것이고 경력과 무관하게 프로젝트에 참여한 개인의 기여에 따라 각자의 성과 수익을 갖게 될 것이다.

이런 시대에 필요한 것이 바로 장인이다. 나만의 작은 비즈니스를 하려면 시간과 노력을 들여 자신만의 노하우를 체득하고 있어야 하고 그 전문적인 안목과 가치관에 공명한 사람들에게 인정받고 존재할 수 있게 된다. 학교 얘기에는 시니컬하지만 원예 사업에 관해서라면 구체적인 계획을 갖고 있는 식덕이나 식물 수형에서부터 홍보 관리까지 맞춤형 화분이 특징이면서도 "두어 번 해보믄 알지"(31쪽)라고 덤덤하게 대꾸하는 장수하늘소 같은 이들이 바로 그런 유일 것이다.

여기에서 중요한 것은 변화다. 첨단을 갖췄지만 역사를 갖지 않은 허허벌판 위의 신도시를 보고 '소울'이 안 느껴진다던 안나의 후배와 달리 안나는 자신의 꿈을 현실로 바꾸기 위해 매 순간 결단을 감행한다. 번역 작업을 하기에 좋은 조용한 환경을 위해 낯선 도시로 이사를 하고, 당장 월급이 끊겼으니 이 일로 밥벌이를 할 때까지 씀씀이를 줄인다는 각오를 한다. 최저생계비도 나오지 않는 번역을 하겠다고 휴일도 없이 일을 하고 당근 앱에서 저렴한 화분을 사며 이웃을 찾는 안나의 일상은 인공지능 시대에 대한 통찰과 용기 있는 결단에서 기인한다.

　문학이 다른 분야보다 대체 확률이 낮다는 점에서 안도하며 자신이 진짜 원하는 것을 하기 시작한 안나는 이제 자기의 성으로 향하는 길을 찾은 것 같다. 인공지능이라는 도구를 활용하더라도 개인의 역량과 감각에 따라 번역은 전혀 다른 의미와 수준을 지니게 될 것이기 때문이다. 거기에 자신의 업무 환경과 속도를 스스로 만들어 감으로써 인공지능이 모든 것을 대체하는 시대에 최후의 자기 자신을 남겨두고자 하는 안나의 노력은 믿음직스럽다. 안나의 선택은 성의 형태가 바뀐 시대에 다른 기울기를 선택한 것에 가깝다. 빅테크는 편리함이지만 동시에 접속의 조건을 설정하는 새로운 성벽이기도 하다.

4. 네번째 성(城): 타자들

　카프카의 「성」에서 함락시킬 수도 귀속될 수도 없는 성의 권력은 우리가 만들어낸 무수한 환상의 기표다. 말썽이나 피우는 보잘것없는 하급 관리들이 성의 실상이자 전부지만 도리어 이런 육체적 현존을 관람할수록 숭고하고 특별한 층위가 있을 것이라고 유추한다. 사람들이 성에 명분을 부여하고 복종하는 그때 성은 위용을 갖게 된다. 따라서 성은 욕망이 만들어낸 형상이며 육화된 자기 자신이라고 할 수 있다. K가 그랬던 것처럼 우리 역시 이 공허한 진리를 인정하지 못하고 성에 초월적인 의미를 부여한다. 성으로 표상되는 구원이나 영원은 도처의 평범한 얼굴들, 바로 타자들의 형상으로 나타난다.

민수는 대문 앞에서 걸음을 멈췄다. 주소 하나 달랑 들고 맨 처음 이 건물 앞에 섰을 때가 생각났다. 그때와 같은 긴장과 감흥이 온몸을 감싸왔다. 대문은 성문처럼 크고 높은 육중한 나무문이었다. 대문 한쪽에는 각 가구에 해당하는 초인종이 쭉 정렬돼 있었다. 호수 옆에 세입자 이름으로 보이는 낯선 문자가 표기돼 있었지만 민수의 집과 하비의 집은 아무런 글자도 없었다. 민수는 그중 하비의 집 벨을 눌러보았다. 발신음이 희미하게 들리는 걸로 미루어 정상적으로 작동되고 있는 벨이었다. 화재 경보 같은 벨소리가 요란하게 울릴 내부를 상상하며 그는 몇 번이나 벨을 눌렀지만 응답은 없었다.(「하비」, 68쪽)

운동에도 야학에도 열심이던 80년대를 지나 민수는 학원

원장으로 살아가지만 친구의 보증을 섰다가 파산과 이혼을 겪고 부다페스트 아지트로 도피한다. 개혁을 꿈꿨던 운동권에서 이해타산에 밝은 소시민이 되기에 결국 실패한 것이다. 무방비 상태로 숨어 지내는 민수는 열쇠가 고장 난 작은 사건 하나에도 패닉에 빠지지만 건물 관리인의 도움으로 해결된다. 으레 남자라 생각했던 관리인 알렉스는 귀부인 같은 여성이었고, 말론 브란도 같은 백인이라 생각했던 아래층 남자 하비는 시리아 출신 난민이었다. 민수가 가졌던 편견은 전혀 예기치 못한 실체로 나타남으로써 우리가 갖는 차등적 관념을 무력화한다.

민수가 향수병과 비장미에 사로잡혀 켈레티 역까지 걷게 된 것도 우연은 아니다. 그곳은 불법 난민들의 서유럽행을 막기 위해 헝가리 정부가 엄격히 통제하는 곳이기 때문이다. 민수의 도피 형국은 이방인 알렉스나 난민 하비와 여러 조건들을 공유한다. 아래층에 은신하고 있는 줄 알았던 이웃 하비가 어디론가 또 쫓겨갔다는 것을 알게 된 민수는 말론 브란드를 닮은 신문팔이에게 자신도 모르게 "하비?"라고 말한다. 그리고 유일한 이웃이 된 알렉스도 미술관에 가기로 한 날 민수를 연신 "하비!"라고 부른다. 모두가 하비이면서 누구도 하비가 아닌 공집합으로서 하비라는 이름은 인간을 규정하고 분류하는 체계들이 허구와 조작에 불과하다는 것을 알게 한다.

선량한 인상의 게르만족 남자를 보며 나는 엷은 미소로 고개를 저어 보인다. 내 것이 아니라는, 아니면 빠뜨린 게 아니라 버린 것이라는, 상대로서는 정확히 무슨 의미인지 알 수 없는 제스처로 손을 저어 보이고는 가던 걸음을 재촉한다. 그게 페트병 아닌 황금 호리병일지라도 나는 돌려받지 않을 터였다. 손에 땀이 나게 쥐고 있던 바통조차 이제는 놓아야 할 때다.(「세상의 모든 K」, 146쪽)

유복한 환경에서 자란 네 명의 여고 동창들은 유럽 유학과 박사학위를 거쳐 결혼한다. "캐슬, 그러니까 성에 초대받아 간 것 같았잖아. 쇼팽의 녹턴을 들으며 와인을 마시고 테라스에서 눈 덮인 알프스 산을 바라보고"(112~113쪽)라고 회상하는 고학력 전업주부 친구들은 독일인과 결혼한 수진의 시댁을 시월드가 아닌 시토피아로 명명한다. '나'만 아버지의 부도와 뇌졸중으로 슈트라스부르크에 가기로 했던 K와 헤어지고 골프장 견습도우미로 시작해 가족을 부양하며 이삼십대를 보낸다.

긴 세월 친구들의 수다 속에 등장하던 수진의 시동생 카라얀은 뛰어난 인물과 재능을 갖춘 비운의 천재 피아니스트다. K며느리가 아닌 수진과 '나'는 부모님을 간병하는 맏딸이라는 공통점이 있었고 오십대가 되어서야 독일로 휴가를 떠나게 된다. 사실 '나'의 목적은 친구들과 '나'를 구별하고 그들의 성을 견고하게 해주었던 카라얀을 만나보는 것이다. 독일에 머무는 동안 '나'와 카라얀만 동선이 엇갈리는 우연이 발생하더니 결국 여행이 끝날 때까지 '나'는 그를 만나지 못한다. 카라얀이란 이름도 그의 실제 이름이 아니었고 한집에서조차 그를 만날 수 없었으니 오랫동안 '나'의 꿈속에서 성처럼 건재하던 우상은 실재도 아니었고 내 것은 더더욱 아니었던 것이다. 끝내 성 안으로 들어가지 못한 카프카의 K가 바로자신이라는 걸 깨닫고 난 뒤 '나'는 조금 덜 외로웠을 것이다.우리 모두 역시 K이기 때문이다.

이 소설집에는 몇 개의 복제된 장면들이 등장한다. 층간소음에 시달렸지만 위층이 미입주 세대였다는 것을 알게 되는장면(「갭」)과 불빛이 보이던 아래층은 전부터 비어 있었다는것을 알게 되는 장면(「하비」)이 있었다. 한편 캐런을 카라얀같은 남자일 거라고 고대했지만 조우할 수 없고 프라이부르크 역에서 어느 건장한 노인을 카라얀이라고 여기는 장면(「세상의 모든 K」)과 하비가 말론 브란도 같은 남자일 거라고 상상했지만 실은 시리아인이었고 켈레티 역에서 어느 허름한 노인을 하비라고 호명하는 장면(「하비」)도 있었다. 있었던 것이없었다는 반전과 간구하던 것이 내가 믿고 있던 것이 아니었다는 전도는 소설집의 마지막 성인 타자들이 이 세계에서 어떻게 현현되는지를 보여준다. 진실이 밝혀지도록 고안된 이 회로는 결핍과 부재를 통해 그 자리에 있어야 할 것과 있기를 바랐던 것을 소환한다. 이 복제는 우연이 아니라 성을 향한 접근이 언제나 사선으로 미끄러지도록 만드는 이 소설집의 장치다.

5. 성(城)에 종속되지 않는 존재

성이라는 이상적 관념과 계급 의식을 설정하고 경도되는 대신 마을을 찾은 이들을 환대하고 사람이 사람을 추앙하며 살아가길 제시하는 성 모티프는 소설집 전체를 관통하는 전언이다. 다가갈수록 멀어지는 신기루를 오래 좇다 보면 모래바람 속 죽음만이 남을 것이다. 소통과 지지 그리고 연대와 협력을 향한 염원은 여러 작품에서 '이웃'이라는 다정한 단어로 압축된다.

성은 본래 적의 침입을 막기 위해 높이 쌓아 올린 요새이므로 안과 밖 그리고 공격과 방어 등의 대립 구도를 발생시킬 수밖에 없다. 셀 수 없는 성들로 빼곡한 세계에서 오히려 성은 우리 자신을 스스로 유폐시키고 없는 적들을 경계하도록 하는지도 모른다.

　표명희 소설은 지금까지 그래왔던 것처럼 이번 소설집에서도 광장에서는 들리지 않는 낮은 신음과 보이지 않는 높은 고통을 기입한다. 염세적이지 않게 그렇다고 성스럽지도 않게 우리들은 결국 다 성 밖에 머무르는 처지 아니겠냐고, 그러니 조금 더 충만하게 존립해보는 것은 어떠냐고 묻는다. 성으로부터의 해방, 그의 소설은 새로운 질서를 써내려가고 있다. 성에 들어가기 위한 사선은 끝내 성문을 열지 못한다. 그러나 사선의 의의를 '들어감'이 아니라 '곁에 있음'으로 전환할 때, 성의 허상은 최초로 약해진다. 이 소설집이 제안하는 것은 성의 점령이 아니라 사선의 방향을 바꾸는 윤리다.

소설집을 묶는데 옛 생각이 난다. 비슷한 시기에 같이 등단했던 문우가 네번째 소설집을 내밀었을 때 나는 두번째 소설집을 내줄 출판사를 찾지 못해 애태우던 중이었다. 친구의 결실을 축하하면서도 내 문제로 마음이 착잡했던 기억이 난다. 그 일이 엊그제 같은데 이제 나도 다섯번째 소설집을 묶는다. 책의 권수가 작가의 입지를 말해주는 건 아니지만, 녹록지 않은 현실에도 여전히 문단에 발을 딛고 있다는 사실 자체에 위안은 물론 행운이라는 생각이 든다.

불가능해 보였던 일이 현실이 되고 나니 불가사의한 일이라도 일어난 기분이다. 그럼에도 한 계절 보내고 다음 계절을 맞는 농부처럼 이상하게도 담담하다. 긴 세월 땅을 일구고 산 농부라면 한 해 소출에 일희일비하지는 않을 터. 그건 기대나 희망이 없어서가 아니라 냉해나 가뭄도 단비나 햇살 못지않게 농사일에 도움이 된다는 걸 체득하고 있어서가 아닐까.

세상이 빠르게 변해도 누군가는 내가 키운 농작물을 필요로 할지도 모른다는 믿음에 한 짐 꾸려 재래시장으로 나서는 농사꾼 심정으로 소설집을 묶는다. 그동안 발표했던 작품들을 찬찬히 들여다보니 공항이 있는 섬에 살던 시절의 이웃들 이야기가 많다. 공항과 골프장, 카지노와 호텔을 일터로 살던 사람들이 많은 섬 도시에 아무 연고도 없이 들어가 십 년을 살았다. 지금은 떠나왔지만 작품 곳곳에 그곳 분위기가 배어 있어 인연은 여전히 이어지고 있는 셈이다.

불가사의한 일을 현실로 만들어준 강출판사 식구들, 존재감 미미한 작가의 책에 기꺼이 손을 내밀고 힘을 보태준 이들 모두에게 감사드린다. 지금껏 책에 한 번도 언급한 일이 없었던 가족에게도 더 늦기 전에 마음을 전하고 싶다. 별난 우리 가족을 오십 년 동안 한결같이 보살피고 견디며 꿋꿋이 울타리를 지켜온 올케언니 윤광희 님께 존경과 감사를 표한다. 그녀야말로 지금까지 내가 보아온 최고의 농사꾼이었다.

봄이 오는 길목에서……

244

수록 작품 발표 지면

잠재적 이웃 _2025년 경기문화재단 지원 선정작

하비 _『한국문학』 2020년 상반기호

갭 _『문학무크 소설』 2018년호

세상의 모든 K _『한국문학』 2024년 상반기호

파라다이스 시티 역 _2022년 아르코 '예술로' 선정작

고수들 _2025년 경기문화재단 지원 선정작

세상의 모든 K

© 표명희

1판 1쇄 발행 | 2026년 2월 19일

지은이 | 표명희
펴낸이 | 정홍수
편집 | 김현숙 이명주
펴낸곳 | (주)도서출판 강
출판등록 | 2000년 8월 9일(제2000-185호)

주소 | 서울시 마포구 동교로17안길 21 (우 04002)
전화 | 02-325-9566
팩시밀리 | 02-325-8486
전자우편 | gangpub@hanmail.net

값 15,000원
ISBN 978-89-8218-383-6   03810

* 이 작품집은 경기문화재단이 지원하는 2025 경기예술지원 '경기 문학 출간지원' 선정작입니다.